유길준이 들려주는

서유견문

|글| 정임조 |그림| 박준

세상모든책

백 년 뒤를 내다본 사람 *유길준*

이 책은 1885년경에 쓰여진 것입니다. 그러니까 지금으로부터 120여 년 전의 내용이군요. 그럼에도 불구하고 이 책에 실린 내용과 현재 우리가 살고 있는 모습이 크게 다르지 않은 건 왜일까요? 마치 예언자의 황당한 예언이 현실로 나타난 것처럼 말이죠. 어쩌면 유길준은 백 년 뒤를 내다본 사람이었는지도 모르겠습니다.

이 책 『서유견문』은 유길준이 서양의 문물을 우리에게 처음으로 소개한 책입니다. 그런데 유길준과 이 책은 여러 가지 면에서 우리나라 최초라는 기록을 가지고 있습니다. 첫째, 유길준은 우리나라 최초의 일본 유학생이었다는 것. 둘째, 우리나라 최초의 미국 유학생이었다는 것. 셋째, 『서유견문』은 우리나라 최초의 국한문 혼용체 저술이자, 최초의 서양 문물 소개서라는 것이지요. 그것이 어떤 일이든 '최초'라는 글자 곁에는 항상 두려움과 설렘이 동반됩니다. 그런 면에서 이 책은 더 많은 박수와 찬사를 받아야 할 것 같아요.

이 책은 모두 20편으로 나누어져 있습니다. 1편부터 18편까지는 지구 안팎의 이야기로 시작하여 세계 지리와 서양 문물을 소개했고, 더불어 개화하지 않으면 안 되는 이유를 적고 있습니다. 19편부터 20편까지는 서양의 여러 대도시를 소개하고 있고요. 우리가 흔히 기행문이라고 생각하는 이 책의 내용은 사실 일종의 개화를 위한 교본의 성격을 더 강하게 띠고 있지요. 마치

한 편의 논문같다는 생각도 들고요.

저는 이 글을 쓰면서 처음에는 약간의 혼란을 느꼈습니다. 이미 이 책에 나오는 내용 그 이상의 생활을 하고, 더 상세하고 다양한 지식을 갖고 있는 우리가 과연 지금에 와서 이 책에 관심을 가질 필요가 있을까? 우리는 이미 더 많은 것을 알고 있는데 마치 지난 일기장을 들춰 보는 것처럼 시시하고 무의미하단 말야…….

그러나 아니었습니다. 어차피 과거는 흐르고 흘러서 미래로 나아가는 것이지, 제자리에 머물러 있는 것은 없습니다. 과거가 있었기에 미래가 있을 수 있는 것이지요. 저의 눈이 지금 현재가 아니라 120년 전으로 가야 했다는 것을, 120년 전에 이 책을 만난 사람들의 놀라움과 충격을 저도 공유해야 한다는 것을 뒤늦게 깨닫게 되었습니다. 그 뒤 저는 이 책의 매력에 흠뻑 빠져들고 말았지요.

유길준은 화려하고 웅장한 것이 아니라도 그윽한 풍광 앞에서는 감탄을 연발하는 인간미를 지녔고, 매사에 긍정적이고 진보적인 생각으로 가득 찬 사람이었습니다. 치밀한 내용과 해박한- 지식들은 마치 한 권의 백과사전을 방불케 했습니다. 지극히 인간적이면서도 예리한 눈을 가진 젊은 유길준이 집필하면서 품었을 것은 오직 나라가 꺼어나는 것뿐이었지요.

만약 그 당시 우리나라가 이 개화의 교본에 눈을 떴다면 우리나라는 지금보다 백 년은 앞서 있는 나라가 되었을지도 모르겠군요. 지금 보면 오히려 더 촌스럽고 구태의연한 것 같지만, 『서유견문』이 있었기에 우리 문명이 이렇게 빨리 눈을 떴는지도 모르겠다는 생각이 드네요.

여러분께 몇 가지 양해를 구해도 될까요? 이 책은 유길준의 『서유견문』을 그대로 옮긴 것이긴 하나 모든 것을 담지는 못했습니다. 서양 문물을 소개하고 인식의 전환을 가져다줄 만한, 그리고 우리 생활과 밀접한 것들로만 묶었습니다. 어쩜, 유길준이 비중을 담고 적은 내용을 스쳐 갔는지도 모르겠습니다. 반복되는 이야기와 주제에서 벗어난 곁가지들은 과감히 빼거나 줄였으니까요. 그러나 원작이 가진 뼈대는 그대로 세웠으니 염려 마세요.

이 책의 내용은 지금 우리가 알고 있는 상식과 어긋나는 내용이 더러 있습니다. 하지만 이 책이 1885년 무렵에 쓰여졌다는 것을 참작하면 이해가 될 것입니다.

저는 이 글을 정리하면서 이런 생각을 해 보았습니다. '지금 우리에게 유길준과 같은 사람이 있어 제2의 『서유견문』을 쓴다면 어떻게 될까?' 하고 말이에요. 지금 우리나라는 선진국 대열에 들어섰지만, 어쩜 반대쪽 나라 누군가는 이보다 더 나은 내일을 이미 맛보고 있을지도 모르잖아요. 여러분께 그 몫을 남겨 드립니다.

2007년 겨울, 쌍둥이와 정임조

차례

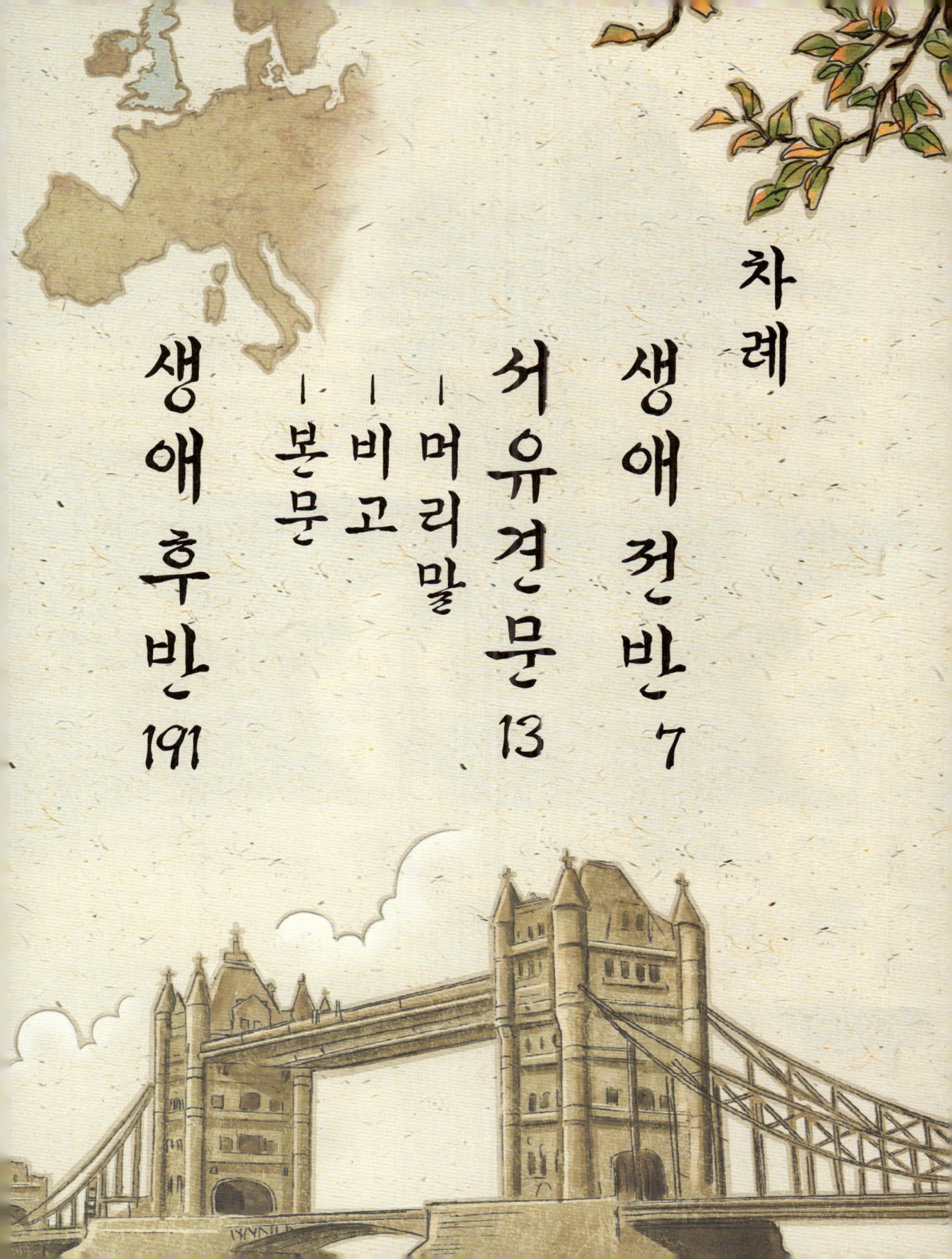

생애 전반

저는 1856년 가을, 서울 계동의 마당이 넓은 집에서 태어났습니다. 청송 *부사를 지낸 할아버지와 *동지중추부사를 지낸 아버지, 그리고 자식 사랑이 남다른 어머니 밑에서 부족한 것 없이 자랐지요.

어릴 적, 저의 첫 번째 스승은 외할아버지였습니다. 외할아버지는 큰 벼슬은 하지 못했으나, 서울의 유명한 학자들과 친분을 갖고 있었고 살림도 넉넉하여 많은 책을 간직하고 계셨습니다. 외할아버지의 서재에 들어서면 은은한 책 향기와 귀가 솔깃한 옛이야기, 그리고 성현들의 고귀한 말씀들이 저를 딴 세상으로 이끌어 주곤 했지요.

저의 두 번째 스승은 박규수였습니다. 1870년, 그러니까 제가 열다섯 되던 해였나 봅니다. 저는 박규수의 문하생이 되었습니다. 박규수는 실학에 조예가 깊을 뿐 아니라 중국까지 다녀온 사람으로, 개화사상을 펴고 있는 대표 인물이었습니다. 당시 박규수는 자신의 집에 찾아오는 젊은이들을 지도하는 일에 몰두하고 있었습니다. 사실 그 당시 저는 과거 준비를 하고 있었습니다. 그런데 우연히 박규수의 집에서 실학과 중국 *양무운동에 관한 책을 만나게 되면서 제 인생의 나침반은 다른 방향을 가리키기 시작했습니다. 지금까지 한 번도 해 본 적 없는 생각들과 낯선 세계의 신비로움은 저에게 강렬한 자극을 주었습니다.

저는 당장 과거 준비를 포기하고 개화파로 활약하던 인물들과 사귀기 시작하면서 개화파 대열에 서게 되었습니다. 물론 주위의 만류도 만만치 않았지요. 하지만 저의 신념은 이미 확고했습니다.

그러던 중 제 나이 스물다섯에 신사유람단(일본 시찰단) 단원이 되어 일본을 방문할 수 있는 기회를 얻었습니다. 그동안 책이나 말로만 듣던 세계를 직접 내 눈으로 볼 수 있다는 설렘은 며칠 밤을 꼬박 세우기에 충분했지요.

1881년 봄, 드디어 신사유람단으로 일본에 건너간 저는 곧 유학 생활을 시작했습니다. 조정에서 저에게 일본 유학 생활을 시켜 주었던 것은, 단순한 기술을 배우기보다는 일본어를 배워 서양 학문의 번역서를 읽게 하기 위해서였지요.

저는 먼저 후쿠자와 유키치가 경영하던 *게이오의숙에 입학해서 일본어와 일본 문화를 배우기 시작했습니다. 한국에서 온 최초의 일본 유학생이 된 것이지요. 당시 후쿠자와는 일본 사회에서 문명 개화론자로 이름을 떨치고 있었습니다. 저는 이곳에서 생활하면서 그가 쓴 문명 개화사상에 관한 책을 보며 다짐했습니다.

'아, 나도 언젠가 이런 책을 써서 우리 국민들을 계몽시키고 말 테다!'

그러기 위해서 부지런히 일본어를 배웠으며, 일본의 발전상에 대해 남다른 관심을 갖고 그 비결을 찾아내기에 온 힘을 기울였습니다.

이 유학 생활을 시작으로 하여 유럽 각지를 유람하고, 싱가포르와 홍콩을 거쳐 12월에 귀국하기까지의 속사정은 제가 쓴 머리말에 자세히 나오기 때문에 생략하도록 하겠습니다.

그런데 귀국을 하고 여행의 피로도 채 씻기 전에 저에게 엄청난 일이 벌어졌습니다. 개화당과 관련되었다는 혐의를 덮어씌워 저를 포도대장 한규설의 집에 연금시킨 것입니다.

2년 정도를 그렇게 있었을까요. 저는 다시 백록동 취운정이라는 곳으로 옮겨져 완전히 유폐되었습니다. 하지만 저는 나라를 원망하거나 누명을 벗기 위해 안달하지 않았습니다. 제가 신사유람단으로 일본에 건너가 유학 생활을 시작하고 세계를 여행할 수 있었던 것도 모두 나라의 덕이었습니다. 순수하게 나라의 앞날을 염려하고 하루빨리 개화되어 세계로 나아가기를 바라는 제 마음을 언젠가는 알아주리라는 생각으로 그저 잠자코 『서유견문』을 집필했습니다.

행동이 자유롭지 못했으나, 오히려 그런 상황이 더욱더 『서유견문』에 빠져들게 해 주었습니다. 저는 위기를 기회로 삼아 밤낮 가리지 않고 집필에 몰두했습니다. 그렇게 시작한 『서유견문』의 원고가 완성된 것은 1889년 3월, 제가 서른네 살 되던 해였습니다.

참으로 길고 긴 여정이었지요. 나이보다 훌쩍 늙어 버린 듯한 얼굴과 아무렇게나 자란 수염, 초췌한 저의 모습을 들여다보면서 해냈다는 성취감보다는 허무한 마음에 그만 눈시울이 붉어지고 말았습니다.

1892년, 나라에 외국의 간섭이 하나둘 생겨나기 시작했습니다. 주미 공사 박정양의 독립 외교에 대하여 청나라가 간섭하기 시작한 것입니다. 저는 청나라의 지나친 간섭을 과감하게 물리칠 것을 정부에 건의하였고, 이는 곧 이루어졌습니다. 또 가을에 서양 사람이 한국 정부로부터 전기 *가설권을 매수하려는 일이 있었습니다. 저는 그들의 속셈을 보고 있을 수만은 없어서 그 부당성을 조목조목 주장하여 이권 침탈을 막았습니다. 이 일이 계기가 되어 7년 동안의 길고 긴 유폐 생활에서 풀려날 수 있었습니다.

그 후 저는 *통리교섭통상사무아문 *참의와 *동부승지, 형조 참의, 예조 참의, 의정부 *도헌, 내무 대신 등을 거치면서 직접적인 나랏일을 맡아 하였습니다. 그리고 불혹이 되던 해에 드디어 일본의 '교순사' 라는 출판사에서 『서유견문』이 출판되었습니다.

『서유견문』은 저에게 자식과도 같은 책입니다. 일본을 시작으로 새로운 문명을 만난 것이 제 인생에 커다란 전환점이 되었듯, 저에게 이 책은 첫사랑과도 같은 책입니다.

지금부터 이 책을 여러분께 소개해 드리고자 합니다.

도움말

· **부사 府使** 조선 시대에 둔 대도호부사와 도호부사를 통틀어 이르던 말.
· **동지중추부사 同知中樞府事** 조선 시대 중추부에 속한 종이품 벼슬.
· **양무운동 洋務運動** 부국강병을 이루려는 중국 청나라의 근대화 운동.
· **게이오의숙 慶應義塾** 일본 게이오기주쿠 대학의 전신.
· **가설권 架設權** 전깃줄이나 전화선 따위를 공중에 건너질러 설치할 수 있는 권리.
· **통리교섭통상사무아문 統理交涉通商事務衙門** 조선 후기 외교와 통상사무를
관장한 관청.
· **참의 參議** 조선 시대 육조(六曹)에 소속된 정3품 당상관직.
· **동부승지 同副承旨** 조선 시대 승정원(承政院)에 속한 정3품 관직.
· **도헌 都憲** 조선 고종 때 의정부 도찰원에 둔 벼슬.

기축년(1889) 늦은 봄, 스스로 머리말을 쓰다

개화에 눈떠 가는 일본, 그 모습에 충격을 받고.

고종 임금께서 즉위하신 지 18년째 되는 신사년(1881) 봄, 저는 신사유람단의 일원으로 이웃 나라 일본을 살펴보러 갔습니다.

그런데 일본 사람들이 사는 모습은 제가 생각했던 것과 달랐습니다. 부지런한 태도와 풍요로운 물건들! 저는 커다란 충격에 휩싸였습니다.

견문이 넓고 학식이 넓은 한 일본 사람에게 물어본 결과, 저는 알게 되었지요. 바로 '일본의 제도나 법규 대부분이 서양의 풍습을 모방한 것'이라는 사실을 말입니다! 일본은 서양의 여러 나라들과 조약을 맺은 뒤부터 관계가 친밀해졌고, 시대적인 변화를 눈치채고 그들의 장점을 배우며 익힌 30년 동안에 그토록 부강한 나라로 탈바꿈한 것이었지요.

'그렇다면 붉은 머리에 푸른 눈을 가진 서양 사람한테는 반드시 뛰어난 무언가가 있을 것이다! 그래, 나도 여행을 헛되이 흘려버리지 말자!'

이렇게 작정한 저는 듣고 본 것들을 써 모으기도 하고, 책을 살피기도 하면서 한 편의 기행문을 지었습니다. 임오년(1882) 여름이

14

었습니다. 하지만 나 자신이 직접 가 보지도 않은 나라에 대해서 남들의 이야기만 듣고 어설프게 기록한다는 것은 부끄러운 일이었습니다.

우리나라에 임오군란이 갑작스레 일어났다는 소식을 들은 것도 그 무렵이었습니다. 이국의 산천을 방황하며 임금님과 어버이를 생각하는 마음이 더욱 간절해지고 있을 때 운미 민영익 공이 배를 타고 오셔서 전후 사정을 말해 주었습니다. 그리고 그해 가을, 귀국할 때 저를 고국으로 데리고 들어가 주셨습니다.

이듬해인 계미년(1883)에 저는 *외무낭관이라는 영광스러운 자리에 뽑혔으나, 나이가 어리고 학식이 모자라 감히 그 자리를 사퇴할 수밖에 없었습니다. 거기다가 일본에서 기록한 원고를 누군가가 쥐도 새도 모르게 가져가 버려서 탄식을 금할 길이 없었지요.

그 무렵, 미국 외교 사절이 우리나라를 찾아왔는데, 우리나라에서도 *보빙할 인재가 필요했습니다. 그래서 발탁된 사람이 바로 민영익 공이었고, 우연찮게 저도 민 공의 수행원이 되어 만 리를 여행할 수 있는 기회를 얻게 되었습니다.

민 공은 미국에서 보빙사 일을 마치고 우리나라로 돌아가면서, 저에게 미국에 계속 머물며 공부할 것을 당부했습니다. 저는 민 공의 깊은 뜻에 고마움을 느꼈습니다. 그리고 마음속 깊이 다짐했습니다.

'학식도 모자라고 재능도 없는 하찮은 서생인 내가 이 같이 나라의 큰 은혜를 입다니……. 그래, 나라와 민 공을 위해서 죽을 힘을 다해 공부하자!'

몸과 마음으로 서양을 만나다

한 나라를 제대로 알려면 그 나라의 글자부터 익혀야 합니다. 또 그 글자를 익히려면 그 말을 배워야 하고요.

저는 매사추세츠 주의 석학 모스(미국의 생물학자. 다윈의 진화론을 일본에 처음 소개했다.)에게 가서 실례를 무릅쓰고 도움을 청했습니다. 모스는 저를 자기 집에 머무르게 해 주면서 공부를 하는 순서와 학교에 드나드는 데 필요한 규정들을 알려 주었지요. 시간이 어느 정도 흐른 뒤에는 문인, 학자들과 친분도 맺어 주었고요.

그들의 말을 조금씩 알아듣게 된 저는 술잔을 나누는 연회에 초대 받기도 했고, 노래 부르고 춤추는 모임에도 참석할 기회를 얻게 되었습니다. 또 그들이 슬퍼하고 즐거워하는 풍습도 알게 되었고, 결혼과 장례의 절차도 알게 되었지요. 학교에서 가르치는 내용도 엿보고, 농업·공업·상업을 살피는 동안 미국의 제도를 어렴풋이 이해할 수 있게 되었습니다.

"민 공이 나를 유학시킨 뜻이 여기에 있었구나!"

저는 그때부터 들은 것은 기록하고, 본 것은 베껴 두면서 책을 써 나갔습니다. 그러나 학업이 바쁜 탓에 정리는 못하고 그저 궤짝에 넣어만 둔 처지였습니다.

하루는 강의실에서 어려운 문제를 풀고 있는 저에게 한 학생이 와서 말했습니다.

"그대 나라에 변란(갑신정변)이 일어났다!"

저는 얼굴빛이 바뀐 채 기숙사로 돌아왔습니다. 가슴속에서 슬프고도 참을 수 없는 화가 용솟음쳤지만 차마 고국으로 돌아갈 수 없는 입장이었습니다.

그렇게 갑신년(1884) 가을을 보내고 이듬해인 을유년(1885), 또다시 가을. 여행을 시작해서 대서양의 물결과 홍해의 무더위를 무릅쓰고 지구를 돌아 그해 겨울, 드디어 저는 제물포에 무사히 도착했습니다. 참으로 힘들었지만 값진 경험이었습니다.

그 뒤, 정해년(1887) 가을에 묵은 원고를 꺼내 읽다가 까무러치게 놀라고 말았습니다. 몇 년 동안 기록해 놓았던 글들이 눈 위의 기러기 발자국처럼 녹아 없어진 것입니다. 저의 상심은 이루 말로 표현할 수 없을 정도였습니다.

결국 그나마 남은 원고를 모아서 엮고, 이미 없어진 부분은 보태고 기워서 마침내 스무 편의 글을 완성했습니다. 책이 완성되고 며칠 뒤 저는 고민 끝에 친구에게 비평을 부탁했습니다.

"그대가 참으로 고생하기는 했지만 우리글(아직 한글이라는 이름이 나오기 전)과 한자를 섞어 쓴 것 때문에 안목 있는 사람들에게 비웃음을 살까 걱정이네."

친구의 이 말에 저는 망설임 없이 화답했습니다.

"그런가? 하지만 나에게도 그럴 만한 까닭이 있었다네. 첫째는 내

18

용을 쉽게 알 수 있게 하기 위해서이고, 둘째는 내가 기록하기 쉽게 하기 위해서이며, 셋째는 상세하고도 분명한 기록이 되도록 하기 위해서일세. 친구, 나는 다만 우리 세종 임금께서 창제하신 우리나라 글자만을 순수하게 쓰지 못한 것을 부끄럽고 불만스럽게 생각할 뿐이라네. 서툴고 부담스러운 한자가 섞인 줏대 없는 글을 짓느니, 유창한 글과 친근한 말로 사실 그대로를 옮기는 것이 올바르지 않겠는가? 어쨌든 나는 이 책을 완성할 수 있어서 민 공의 부탁을 저버리지 않게 된 것을 무척 다행스럽게 생각한다네."

다시 친구가 말했습니다.

"그래, 그대의 말이 옳네. 남들이 어떻게 말할지는 모르겠지만 겸허하게 평가를 기다려 보게나."

그렇습니다. 저는 이 책에 모든 것을 다 담았습니다. 남들의 평가는 아무래도 좋습니다. 저는 다른 사람의 평가 같은 것에 울고 웃는 못난이는 결코 아니니까요.

비고

하나. 척(尺)이라고 쓴 것은 영국의 피트(feet)를 말하는데, 영국의 1척은 우리나라의 옷감을 재는 자로 5치 5푼이다.

하나. 근(斤)이라고 쓴 것은 영국의 파운드인데, 영국의 1근은 우리나라의 1냥이다.

하나. 톤(ton)은 영국의 근으로 2,000근이다.

하나. 방리(方里)라고 한 것은 사방 1리를 말한다.

하나. 각리(角里)라고 한 것은 너비·길이·높이 각각 1리를 말한다.

하나. 물건의 숫자는 억(億)으로 끝 숫자를 삼았다. 억이라고 한 것은 만만(萬萬)을 가리킨다.

하나. 외국의 은전 1원은 우리나라 돈 *당오전 14냥으로 맞추어 계산하면 된다.

하나. 서양에서 두루 사용하는 달력은 태양력이라고 하는데, 평년은 365일이고 윤년(4년마다 한 번씩 윤년이다.)은 366일이다.

하나. 이 책의 저술 방법은 나 자신이 듣고 본 바에 따라 의견을 말한 것도 있고, 다른 사람의 책을 참고하여 옮긴 것도 있다.

하나. 이 책은 서양을 유람할 당시에 보고 들은 것들을 기록한 것이지만, 이따금 우리나라에 현존하는 사실을 논의하고 첨부했다. 그 이유는 우리 나라의 경우와 서로 비교하기 위해서이다.

하나. 이 책 가운데 각 나라의 정치·상업·군비 등에 관계되는 기록들은 10여 년 전, 또는 5~6년 전의 참고 문헌에 따른 것이기 때문에 앞과 뒤가 다른 경우도 없지는 않을 것이다.

하나. 이 책 가운에 산천이나 물산에 관한 내용은 오로지 다른 사람의 기록에 의존한 것이다.

하나. 이 책은 내가 서양을 유람할 때 학습하는 여가를 틈타서 보고 들은 것을 수집하고, 또 본국에 돌아온 뒤 서적에 의거하여 지은 것이다. 전해 듣는 과정에서 오류도 있었을 것이고 빠진 것도 많을 것이다. 나는 이 책이 영원히 전해지기를 바라지 않고, 다만 일시적인 신문지의 대용품으로 이바지하기를 바랄 뿐이다. 그러므로 독자도 이러한 뜻을 깊이 헤아려, 글이 잘 되었는지 못 되었는지 따지지 말고 근본이 되는 뜻의 큰 줄거리를 잃어버리지 않으면 매우 다행이겠다. 그 밖에 내가 제대로 하지 못한 것들은 내 뒤에 올 박식한 사람이 바로잡기를 바라고 있을 뿐이다.

제9편

·교육하는 방법   ·군대를 양성하는 제도

제10편

·화폐의 근본   ·법률이 존재하는 이유   ·경찰을 두는 이유

제11편

·당파를 만드는 버릇   ·생계를 구하는 방법   ·건강을 돌보는 방법

제12편

·나라를 사랑하는 마음   ·어린이를 양육하는 방법

제13편

·서양 학문의 역사   ·서양 군인 제도의 역사   ·유럽 종교의 발자취   ·학문의 갈래

제14편

·상인이 지켜야 할 도리   ·개화의 등급

제15편

·결혼의 절차   ·장례를 치르는 예절   ·친구를 사귀는 법   ·여자를 대접하는 예절

제1편

지구 세계에 대해 간추린 이론

우리는 모두 지구라는 아름다운 별에 모여 사는 한 가족입니다. 세상을 더 넓게 보기 위해서, 그리고 아옹다옹 살아가는 우리 인간이 얼마나 작은, 그러나 귀중한 존재인가 돌아보기 위해서 이 책을 여는 첫 편에 지구를 주인공으로 세워 봅니다.

지구는 *유성 중 하나입니다. 스성, 금성, 지구, 화성, 목성, 토성, 천왕성, 해왕성. 이렇게 여덟 개의 별들을 유성이라그 부르는데, 이 별들은 멈춰 있지 않고 태양의 둘레를 돌고 있기 때문입니다.

또 130개의 작은 별들이 있는데, 이들은 모두 유성을 따라다니기 때문에 *종성이라고 부릅니다. 달이 바로 지구의 종성이 되는 셈이지요. 정리하자면 종성은 유성의 둘레를 돌고, 유성은 태양의 둘레를 도는 것입니다.

태양과 여러 유성의 크기 및 유성과 태양 사이의 거리

유성	지름의 길이	태양과의 거리
태양	270만 4,900리	
수성	9,900리	1억 1,550만 리
금성	2만 4,750리	2억 1,780만 리
지구	2만 6,070리	3억 360만 리
화성	1만 3,200리	4억 6,200만 리
목성	28만 500리	15억 7,080만 리
토성	23만 7,600리	28억 7,760만 리
천왕성	10만 8,900리	57억 8,490만 리
해왕성	11만 8,800리	59억 6,180만 리

우리들이 일상적으로 쓰는 숫자를 훨씬 초월한 것이어서 상상하기조차 어렵지요? 그래도 차근차근 이 수치들을 들여다보면 이런 결론을 만날 수 있습니다.

태양의 크기는 지구의 120만 배나 된다는 것과, 지구 표면을 계산해 보면 대략 12억 억 억 근이나 된다는 것, 그러나 이 무게도 태양의 무게에 비하면 고작 30만 분의 1밖에 안 된다는 사실입니다.

지구가 태양을 한 바퀴 돌면 일 년이 되고, 지구가 자전하면서

낮과 밤을 이룹니다. 또 지구의 자전은 서쪽으로부터 동쪽으로 향하기 때문에, 해와 달과 별들이 도두 서쪽으로 가고 있는 것처럼 보입니다.

우리가 음력에서 3년마다 윤달을 두어 절기를 조절하는 것, 양력에서 4년에 한 번씩 하루의 윤일을 두는 것은 지구가 365일 하고도 4분의 1회를 더 자전하는 것에 맞추기 위해서이지요.

이런 지구가 둥글다는 사실은 누구나 아는 사실입니다. 그런데 어떻게 증명할 수 있는 걸까요?

첫 번째, 바닷가에 서서 멀리 들어오는 배를 바라보면 돛대 끝이 먼저 보이고, 차츰 배의 몸통이 보이게 됩니다. 땅이 만약 평평하다면 커다란 몸통부터 먼저 보여야 하지 않을까요?

두 번째, 높은 산 정상에서 아래를 내려다보면, 하늘 끝의 둘레가 고리를 두른 것과 같아 보입니다. 이 모습은 오직 원형의 물체만이 이룰 수 있지요.

세 번째, 월식하는 검은 그림자를 관찰하면 그 모습이 반드시 둥글어집니다. 둥근 그림자는 둥근 물체가 만드는 것이니까요.

그렇다면 이 둥근 지구를 둘러싸고 있는 것은 무엇일까요? 바로 공기입니다. 공기는 산소, 탄산가스(이산화탄소), 질소가 서로 섞여 있고 그 비율을 보면 이렇습니다.

- **산소** 20.61%   - **질소** 77.96%
- **탄산가스** 0.04%   - **습기 및 기타** 1.14%

그러면 동물과 식물은 무엇을 들이마시고 내뱉으며 살까요?

동물은 공기 속의 산소를 들이마시고, 식물은 공기 속의 탄산가스를 들이마십니다. 또 동물이 내뱉는 탄산가스는 식물이 마시고, 식물이 내뱉는 산소는 동물이 마시는 것이지요. 이렇게 서로 바꾸며 살기 때문에 공기 속의 세 가지 요소가 고르게 분배되어 보존되는 것이랍니다.

이 공기는 천지가 열린 뒤부터 으늘까지 줄어들지 않고, 또 늘어나지도 않은 채 우리 곁에 머물고 있습니다. 그렇다면 혹시 천 년 전의 영웅호걸들이 들이마시거나 내뱉었던 공기를 오늘날 우리들이 이곳에 앉아 호흡하고 있는 건 아닐까요?

아무튼 이쯤에서 이 공기라는 존재의 활약상을 들려 드리겠습니다. 우리는 흔히 공기는 소리도 형체도 없는 싱거운 것이라고들 합니다. 하지만 사실 알고 보면 이 녀석은 엄청난 말썽쟁이에다 폭군이랍니다.

공기의 변화로 일어나는 자연 현상들

비·우박·눈   위로 올라간 공기가 공중에 있던 찬 공기와 서로
가까워지면서 생기는 현상.

회오리바람   위로 올라가면 공기가 희박해져 그 곁으로 차가운
공기가 흘러들어 가게 되면서 생기는 현상.

이슬과 서리   열기를 머금은 공기가 차가운 물질에 달라붙으면
이슬이 되고, 이슬이 얼면 서리가 된다.

천둥·번개   공기 속에 있는 전기가 서로 끌어당기면서 빛이 나
는 것이 번개. 이 전기가 공기를 꿰뚫으면 공기가
흩어졌다 다시 모이면서 내는 소리가 천둥.

6대주의 구역

지금까지는 지구의 주변을 살펴보았으니, 이제부터는 지구 가까
이 다가가서 좀 더 상세하게 알아보겠습니다.

지구 한가운데를 둘로 나누면 동쪽은 동반구, 서쪽은 서반구가
됩니다. 동반구에는 아시아 주·유럽 주·아프리카 주·오세아니
아 주가 속해 있고, 서반구에는 북아메리카 주와 남아메리카 주가
속해 있지요.

그럼 이 지구를 6대주로 분류하여 좀 더 자세히 알아볼까요?

6대주의 크기 (방리로 표시)

아시아 주   1억 8,264만 2,130방리

유럽 주   3,333만 3,680방리

아프리카 주   1억 2,267만 9,488방리

오세아니아 주   1,057만 3,046캉리

북아메리카 주   9,240만 방리

남아메리카 주   8,910만 방리

이 수치는 바닷물이 차지하는 곳을 계산하지 않은 것입니다. 이 점을 감안한다면 지구에서는 아시아 주가 가장 크군요.

나라의 구별

6대주별로 소속된 여러 나라들

아시아 주 조선 · 일본 · 베트남 · 아프가니스탄 · 인도 · 네팔 등

유럽 주 잉글랜드 · 프랑스 · 독일 · 오스트리아 · 이탈리아 · 네덜란드 등

아프리카 주 이집트 · 모로코 · 튀니지 · 에티오피아 · 트리폴리 · 라이베리아 등

남 · 북아메리카 주 미국 · 멕시코 · 과테말라 · 온두라스 · 브라질 · 콜롬비아 등

오세아니아 주 하와이

세계의 산

이번에는 세계의 산들을 기록할까 합니다. 여기서도 6대주별로 알아보겠습니다.

아시아 주에서는 히말라야, 카라코람, 쿤룬, 탕글라 산맥이 일등 산으로 손꼽힙니다. 이 4개의 산맥은 티베트 고원이라고 불리는데, 세상에서 가장 높은 곳입니다. 히말라야 산맥에서 가장 높은 봉우

리는 에베레스트(2만 9,022척)이며, 카라코람 산맥에서는 고드윈 오스틴(2만 8,108척)입니다.

유럽 주에서는 알프스 산맥이 일등 산입니다. 이 산맥은 여러 산이 합쳐진 것인데, 골짜기가 매우 깊습니다. 봉우리에는 풀과 나무가 무성하고, 높은 꼭대기에는 사철 내내 눈꽃이 피어 있어 세계에서도 드문 명승지이지요. 이 알프스 산맥에서는 몽블랑(1만 5,744척)이 가장 높은 봉우리입니다.

아프리카 주에서는 *아비시니아 고원 지대와 동방의 산맥이 일등 산으로 손꼽힙니다. 아비시니아 고원 지대에서는 압배아례두(1만 200척)가, 동방의 산맥에서는 킬리만자로(1만 척), 케냐(1만 8,000척) 등이 가장 높은 봉우리입니다.

북아메리카 주에서는 중앙아메리카 고원과 멕시코 고원, 북부 지방이 일등 산입니다. 산 이름이 아니라 땅의 이름을 따라서 부르는 것인데, 이 세 가닥의 큰 산줄기를 합하여 '패시픽 줄기'라고 합니다. 중앙아메리카 고원에서는 후에고(1만 3,800척)가 가장 높은 봉우리이며, 멕시코 고원에서는 오리자바(1만 7,374척)가, 북부 지방에서는 브라운(1만 6,000척)이 가장 높은 봉우리입니다.

남아메리카 주에서는 안데스 산맥이 아주 커다랗기 때문에 여러 나라를 거치며 뻗어 있습니다. 파고니아의 안데스 산맥에서는 코르

코바도(7,510척), 칠레의 안데스 산맥에서는 아콩카과(2만 3,421척)가 가장 높은 봉우리입니다 .

오세아니아 주에서는 오스트레일리안 알프스 산맥이 일등 산입니다. 이 산맥은 오세아니아 주의 동쪽에 있는데, 오세아니아 주에서 가장 높다고 해서 '오세아니아 주의 알프스'라고 부릅니다. 웰

링턴(7,500척)이 가장 높은 봉우리입니다.

대략 이 정도로 세계의 산 소개를 마칩니다.

제2편

세계의 바다

바다는 한 바닷물이 서로 어깨동무를 하듯 이어져 있습니다. 그래서 경계를 나눈다는 것이 좀 모호한 일 같지만 굳이 나눈다면 대륙이 막힌 것으로 정하든가, 아니면 경도나 위도의 도선으로 정해야겠지요. 태평양, 대서양, 인도양, 남극해, 북극해 이렇게 말이지요.

다섯 바다가 자리잡고 있는 위치

북극해 북극을 둘러싸고 있으며, 아시아 주와 유럽 주 그리고 북아메리카 주의 북단을 경계로 삼고 있다.

남극해 남극을 둘러싸고 있는데 대륙의 경계로 정하지 않았다. 태평양, 인도양, 대서양과 서로 이어져 있는데, 그 수역을 경도와 위도의 도선에 따라 바다 위에 정하였다.

대서양 북극해의 남쪽 한계선으로부터 남극해의 북쪽 한계선까지 이른다. 서쪽으로는 남·북아메리카의 두 주, 동쪽으로는 유럽 주와 아프리카 주를 경계로 삼고 있다.

태평양　북쪽의 베링 해협에서 시작되어 남쪽으로는 남극의 주 위에까지 이른다. 서쪽은 아시아 주와 오세아니아 주, 동쪽은 남·북아메리카의 두 주를 경계로 삼는다.

인도양　남극해의 북쪽 경계선에서 시작하여 아시아 주까지 이른다. 서쪽은 희망봉 곶의 경도와 아프리카 주로 경계를 삼고, 남쪽은 태즈메이니아 남쪽 곶(사우스이스트)과 오세아니아 주를 경계로 한다.

다섯 바다의 크기

태평양　8억 480만 방리 (합계의 2분의 1)

대서양　3억 8,115만 방리 (합계의 4분의 1)

인도양　3억 492만 방리 (합계의 5분의 1)

남극해　9,285만 방리 (합계의 17분의 1)

북극해　4,628만 2,500방리 (합계의 43분의 1)

이 다섯 바다의 넓이를 모두 합하면 16억 3,000만 2,500방리나 됩니다. 바다가 대륙의 4분의 3이나 많다는 계산이 나옵니다. 정밀한 계산법은 아니지만 바다의 크기가 정말 놀랍지요?

이 바다를 이루는 물줄기들은 바다 속에서 원을 그리며 돌고 돌면서 흐르는데 이것을 '선회하는 해류' 라고 합니다. 해류는 한류와 난류로 나누어지는데 태평양과 대서양, 인도양에서는 난류가 흐르고 남극해와 북극해에서는 한류가 흐릅니다.

그러면 이 해류는 인간에게 어떤 도움을 주는 걸까요?

대서양에서는 차가운 기운을 덜어 주며, 자연환경이 사람들에게 알맞게 조절되고 온갖 생물이 잘 자라게 해 주지요. 남극해에서는 자연환경을 맑고 깨끗하게 해 주며 사람들에게 알맞은 생활 환경을 만들어 주고, 북극해에서는 찌는 듯한 더위를 가시게 해 주며 학질이라든가 장질부사(장티푸스) 같은 전염병이 줄어들게 해 줍니다. 이 밖에도 여러 가지 풀과 나무의 씨앗도 선회하는 물결을 따라 이곳에서 저곳으로 옮겨지며, 사람들이 날마다 쓰는 목재도 이 물의 흐름을 따라 공급되기도 합니다.

이렇게 선회하는 물줄기로 가장 큰 행운을 얻은 사람은 이탈리아의 콜럼버스였습니다. 당시 콜럼버스는 사람들에게 '지구는 둥글다!' 라고 큰소리치긴 했지만 뚜렷한 증거를 찾지 못해 고심하던 중이었지요. 밤낮없이 증거 자료를 물색하던 콜럼버스는 어느 날 놀라운 발견을 하게 됩니다. 해류를 타고 흘러온 나뭇조각에 새겨

진 물체의 모양과 죽은 사람의 체형이 유럽 주의 그것과는 서로 달랐던 것이죠. 콜럼버스는 이 발견으로 사람들이 깜짝 놀랄 만한 결론을 내리게 되었습니다.

"그렇다! 서방에도 분명히 다른 사람들이 살고 있다!"

이것이 결정적인 계기가 되어 아메리카 대륙을 발견해 낸 콜럼버스는 오늘날처럼 여러 나라들이 부강하게 될 수 있는 터전을 열어 준 주인공이 되었던 것입니다.

세계의 강

세계의 산과 바다에 이어 '세계의 강'을 만날 차례입니다.

강은 땅속으로 스며 흐르는 강(사막에 있는 강과 호수로 흘러들어 가는 강)과 바다로 흘러가는 강, 이렇게 두 종류가 있습니다.

땅속으로 스며 흐르는 강

아시아 주·유럽 주 (그 이름이 따로 있지만, 실상은 하나로 이어진 땅덩어리이며, 그 지형도 대략 비슷하기 때문에 하나로 본다.)

볼가 강, 우랄 강

아프리카 주   코마두구 강, 샤리 강

북아메리카 주   훔볼트 강, 리사 강

남아메리카 주   안데스 산맥 사이에 있으나 모두 크지는 않다.

오세아니아 주   있는지 없는지 분명하지 않다.

바다로 흘러가는 강

아시아 주   콜리마 강, 오브 강, 캄보디아 강

유럽 주   드비나 강, 엘베 강, 라인 강

아프리카 주   나일 강, 세네갈 강, 콩고 강

북아메리카 주   리오그란데 강, 미시시피 강, 세인트로렌스 강

남아메리카 주　샌프란시스코 강, 아마존 강, 토칸틴스 강
오세아니아 주　머리 강

이 강들은 세계에서 가장 큰 강입니다.

세계의 호수

세계의 강을 건너 이번에는 세계의 호수를 알아보겠습니다.

호수도 크게 두 종류로 나누어지는데, 먼저 출구가 없는 호수입니다. 즉 저지대에 물이 고여서 만들어진 것이지요. 이 호수는 강과 이어져 있기는 하지만, 바다로 흘러들어 가지는 않습니다. 또 하나는 출구가 있는 호수, 쉽게 말해 바다로 흘러가기도 하는 호수입니다.

출구가 없는 호수

아시아 주　카스피 해, 아랄 해. 이 둘을 바다라고 부르는 이유는 바다처럼 넓고 크기 때문이다.
유럽 주　러시아 동남방에 있는 엘베 호. 물에 염분이 많아 사람들의 생활에 도움을 준다고 해서 러시아 사람들은 보물이라고 부른다.

아프리카 주 칼라하리 사막에 있는 은가미 호, 수단의 차드 호
는 해마다 줄어들어 주변이 축축한 흙으로 둘러싸
여 있다.

북아메리카 주 워새치 산맥 서쪽에 있는 그레이트솔트 호. 이
호수는 염분을 포함하고 있다. 그 밖에 피라미
드 호, 워커 호가 있다.

남아메리카 주 볼리비아 고원에 있는 티티카카 호. 세계에서 가
장 높은 곳에 위치한 호수이다.

오세아니아 주 에어 호, 토런스 호, 게어드너 호 등이 있다. 모
두 스펜서 만 북쪽에 있다.

출구가 있는 호수

아시아 주 알타이 산맥 동쪽에 있는 바이칼 호, 중국의 남방에
있는 동정호, 일본 서경 근처의 비파호.

유럽 주 발트 해와 보스니아 및 핀란드의 두 만을 잇는 선 안의
지역에 있는 호수와 알프스 산맥의 줄기를 따라 배열된
호수들이다. 취리히 호, 콘스탄츠 호 등이 있다.

아프리카 주 적도 지방에 호수가 많다. 빅토리아 호, 앨버트 호.

북아메리카 주 세계에서 호수가 가장 많은 곳이다. 온타리오 호, 이리 호, 휴런 호, 미시간 호, 슈피리어 호. 이 다섯 호수에 담겨 있는 맑은 물이 온 세계 맑은 물의 절반이나 된다.

중앙아메리카 경치가 뛰어난 호수가 많다. 니카라과 호가 마나 호와 합해지면서 산후안 강을 이루어 멕시코 만으로 들어가는데, 이 호수가 가장 큰 호수이다.

남아메리카 주 커다란 호수가 하나뿐이다. 베네수엘라에 있는 마라카이보 호.

오세아니아 주 호수가 있는지 없는지 알려지지 않았다.

가장 커다란 호수의 깊이와 넓이 알아보기

호수	깊이	넓이
카스피 해	250척	143만 7,480방리
아랄 해	100척	28만 7,496방리
바이칼 호	미상	16만 5,528방리
슈피리어 호	1,200척	34만 3,035방리
미시간 호	1,000척	27만 8,784방리

이제 이 조사들을 요약하는 뜻에서 '세계의 산천에서 가장 큰 것들'을 적어 보겠습니다.

가장 큰 바다	태평양
가장 높은 산	히말라야 산맥
가장 긴 강	미시시피 강
가장 큰 강	아마존 강
가장 깊은 호수	슈피리어 호(북아메리카 주)와 차드 호(아프리카 주)
가장 커다란 호수	카스피 해(아시아 주)

세계의 인종

자, 이제부터는 지구에 살고 있는 사람의 종류에 대해서 알아볼 시간입니다. 과연 지구에는 어떤 인종들이 살고 있으며, 어떤 차이를 갖고 있을까요?

사실 이 질문에는 여러 학설이 있고 많은 주장들이 거론되고 있지만, 아무런 확증이 없기 때문에 어림짐작으로 단정할 수도 없는 일입니다. 그중에서도 '블루멘바흐 씨'는 인종은 다섯 가지라고 하였는데, 저는 그의 의견이 가장 사실에 가깝다고 생각됩니다. 그래서 이 책에서는 그의 학설을 가져다 쓰려고 합니다.

5가지 인종의 특징 알아보기

황색인 살빛이 누렇다. 머리털은 검으면서도 곧다. 아시아 주의 동북방과 유럽 주의 동북방, 북아메리카 주의 북쪽 끝에 살고 있다.

백색인 살빛이 희고 얼굴은 둥글다. 이는 가지런하고 코는 높고 눈은 푸르다. 이들의 발자취는 6대주에 두루 퍼져 있다.

흑색인 살빛이 검고 머리털은 곱슬하다. 코는 넓게 퍼졌고 입술은 두툼하다. 아프리카 주의 남방 적도에 살고 있다.

회색인 살빛이 재와 같다. 머리털은 곱슬하고 얼굴은 편편하다. 태평양과 인도양의 여러 섬, 그리고 오세아니아 주, 마다가스카르 섬 및 말레이 반도의 남단에 살고 있다.

적색인 살빛이 붉고 코는 뾰족하고 입은 넓다. 전체적인 모습이 게으르다. 남·북아메리카 주에 주로 살고 있으나 백색인들에게 침략을 받아 인종이 소멸될 염려가 있다.

이렇게 나뉜 5가지 인종들의 살아가는 모습을 볼까요?

그들은 여러 부족으로 나뉘어 산과 강을 차지하고 나라를 세우

거나 부락을 이루어 살고 있지요. 그러다 보니 언어도 2,750가지로 나누어졌고, 종교나 문물도 서로 달라졌습니다. 기후나 자연환경도 각기 달라서 거기에 맞춰 살다 보니, 같은 인종인데도 살빛이 조금씩 차이가 나기도 하지요. 또 서로 결혼을 해서 사는 동안 새로운 인종들이 나타나기도 했습니다.

세계의 물산

물산이란 뜻을 알기 전에 '물품' 부터 설명해야겠습니다. 물품에는 자연이 만들어 낸 것과 사람이 만들어 낸 것이 있습니다. 자연이 만들어 낸 물품은 사람의 힘을 빌리지 않고 저절로 만들어진 것이며, 사람이 만들어 낸 물품은 자연이 만들어 낸 것에 사람이 재주와 힘을 더하여 제조한 것을 가리키지요. 이처럼 세계 어느 나라든지 자기 나라대로 자연이 만들어 낸 물품과 사람이 만들어 낸 물품이 있기 마련인데, 이들을 합하여 그 나라의 '물산' 이라고 합니다.

그런데 문제는 자연이 만들어 낸 것과 사람이 만들어 낸 것들이 나라마다 서로 공평하지 않다는 것입니다. 이 땅에서 잘 되는 것이 저 땅에서는 잘 안 되기도 하고, 저 땅에 있는 것이 이 땅에는 전혀 없기도 합니다. 또 사람의 재주와 기술이 한결같지 않아, 저 사람이 잘하는 일을 이 사람이 못하거나 이곳에서 잘하는 것을 저곳에서는 못하기도 합니다. 그래서 사람들은 모자라는 것은 도움을 받고, 남는 것은 다른 이에게 나눠 주게 되는데, 이것이 바로 시장의 시초입니다.

그럼 이제부터는 6대주에 속한 나라별로 사 오는 물품과 파는 물품, 주로 생산하는 물산에는 어떤 것들이 있는지 알아보겠습니다.

아시아 주

·조선

물산 : 금, 구리, 여러 가지 곡식, 인삼, 소

수출품 : 사금, 쌀, 소가죽, 인삼

수입품 : 서양 옷감, 비단, 사탕, 약재

·일본

물산 : 구리, 보리, 쌀, 칠기

수출품 : 차(茶), 명주실, 누에씨, 마른 해산물

수입품 : 철물, 사탕, 무명실, 약재

유럽 주

·영국

물산 : 철, 석탄, 유리

수출품 : 철, 맥주, 석탄, 여러 가지 공산품

수입품 : 무명, 차, 커피, 코코아, 담배

· **독일**

물산 : 맥주, 비단, 생마, 유황

수출품 : 소금에 절인 돼지고기, 소금에 절인 소고기,
　　　　화학 기계

수입품 : 납, 차, 과일, 비단

아프리카 주

· **이집트**

물산 : 쌀, 대리석, 담배, 생마

수출품 : 소금, 새털, 짐승 가죽, 무명

수입품 : 약재, 직조물, 석탄

· **오만**

물산 : 여러 가지 곡식, 싱싱한 과일, 사탕

수출품 : 싱싱한 과일, 소금, 돗자리

수입품 : 쌀, 밀, 커피, 비단, 무명

북아메리카 주

· 미국

물산 : 석유, 여러 가지 광물, 싱싱한 과일, 여러 가지 곡식

수출품 : 여러 가지 축산품, 여러 가지 곡식, 여러 가지 직조
물, 여러 가지 광물

수입품 : 차, 커피, 돗자리, 여러 가지 소품

· 멕시코

물산 : 금, 은, 구리, 철, 여러 가지 곡식 및 과일

수출품 : 금, 은, 구리, 철, 밀, 소가죽, 사탕, 약재, 목재, 담배

수입품 : 비단, 모시, 양목, 양털

남아메리카 주

· 코스타리카

물산 : 싱싱한 과일, 사탕, 커피, 코코아, 여러 가지 광물 및 축
산품, 소가죽

수출품 : 여러 가지 소품

수입품 : 철물, 여러 가지 곡식, 의복 재료

· 파라과이

물산 : 사탕 원료, 염색 재료, 향, 고무

수출품 : 소주, 약재, 부드럽게 손질한 가죽, 사탕

수입품 : 미상

오세아니아 주

· 오세아니아 여러 주

물산 : 말, 구리, 납, 석탄

수출품 : 금, 양털, 목재, 담배

수입품 : 일상 생활품

그런데 이 조사를 볼 때 한 가지 명심해야 할 것이 있습니다. 그
것은 국민 가운데 놀고먹는 사람이 적은 나라는 천연자원이 비록
적더라도 가공품이 많기 때문에, 다른 나라의 천연자원을 사들여
그들의 재주와 기술력으로 가공한 물품에다 몇 배나 비싼 값을 붙
여 팔 수 있다는 것입니다. 반대로, 놀고먹는 사람이 많은 나라는
자기 나라에 물산이 아무리 많더라도 천연자원으로 다른 나라의 가
공품을 사들여 와야 한다는 것입니다.

따라서 나라의 부강함은 국민이 부지런한가 게으른가에 달려 있
는 것이지, 물산이 넉넉한가 모자라는가에 달려 있지 않습니다.

제3편

나라의 권리

나라라고 하는 것은 한 겨레의 민족들이 한 지방의 산천을 차지하고 정부를 세워 다른 나라의 지배를 받지 않는 것을 말합니다.

나라의 가장 높은 자리를 차지한 사람은 그 나라의 군주가 되고, 가장 큰 권리를 쥔 사람도 역시 군주입니다. 따라서 국민들이 그 군주를 섬기며 정부의 정책에 순응하고, 군주가 만백성의 안녕을 유지해 나가는 것은 당연한 도리겠지요.

이렇게 이루어진 나라는 나라 그 자체의 권리를 갖게 되는데, 이제부터 그 권리에 대해서 자세히 알아보겠습니다.

나라 안에서 시행되는 모든 정치 및 법령을 스스로 지키는 것은 국내적인 주권이라 할 수 있고, 독립과 평등의 원리에 따라 외국과 교섭하는 일은 국외적인 주권이라고 할 수 있습니다. 이처럼 한 나라의 주권은 국내외 관계의 참다운 어울림에 의하여 결정되는 것이지요.

권리는 나라를 나라답게 만들기 위하여 현실적으로 매우 긴급하면서도 절실한 힘입니다. 이 같은 힘을 '입본(立本)', 즉 '나라의 근본을 세우는 권리'라고 하지요.

이제부터는 나라의 근본을 세우기 위한 권리들을 하나하나 들어보겠습니다.

나라의 근본을 세우기 위한 권리

현 체제를 유지하고 스스로 보호하는 권리 자기 나라를 자기들 스스로 지킨다는 의미.

독립하는 권리 자기 나라를 중요하게 여기고, 굽히지 않는 기개로 다른 나라로부터 부끄러움과 업신여김을 당하지 않도록 해야 한다.

산업의 권리 온 나라의 바닷가와 산천에서 생산되는 물품들을 보호하고 지키는 권리.

입법하는 권리 나라 안에서 시행되는 모든 정치적 명령과 법도를 폐기하거나, 뜯어고치거나, 새로 실시할 때에도 그 나라가 전적으로 장악하여 시행하는 것을 말한다.

중립하는 권리 다른 나라의 시비에 끼어들지 않고, 좋아하거나 싫어함을 내색하지 않음으로써 여러 나라와 국교를 유지해 나가는 것.

이러한 조목(항목)들은 모든 나라들이 스스로 지녀야 할 권리입니다. 만약 이 가운데 하나라도 갖추지 못하였다면 그 나라는 결코 나라다운 면모를 갖출 수 없을 것입니다. 한 나라가 가지는 권리는 서로 동등하고, 높고 낮음의 지위가 없습니다. 땅이 넓든 좁든 모두 똑같은 하나의 나라이기 때문이지요.

우리가 진정한 독립국이라고 부를 수 있는 나라는 어떤 나라일까요? 바로 국내외의 정치와 외교를 스스로 결정할 수 있고, 외국의 지휘를 받지 않는 나라를 말합니다.

권리란 올바른 이치이며, 땅의 크기는 인위적인 힘일 뿐입니다. 강대국이 자기 나라의 넉넉한 형세만 믿고 휘둘러서 약소국의 정당한 권리를 침범한다는 것은 결코 올바르지 못한 짓이며, 무식한 자들의 야만적인 행동입니다. 약소국들이 강대국에게 눌려 나라의 권리를 잃어버리지 않으려면, 정부는 국민들에게 지식을 가르치고 실력을 쌓아야만 합니다. 지식과 실력을 갖춘 나라는 튼튼한 뿌리를 가진 나무와 같기 때문입니다.

국민의 교육

사람은 어리석은 동물이라서 태어날 때는 아무런 가진 것도, 아는 것도 없습니다. 자라면서 배우고 경험하고 듣고 봄으로써 비로소 사람다워지고 사람으로서의 기본을 갖추게 되는 것이지요.

그러기 위해서는 아이가 태어나면 부모가 올바른 것을 가르쳐서 그 지식의 문을 열어 주어야 합니다. 지식을 가르치는 '학교'도 세워야 합니다. 만약 국민들이 어릴 때 배우지 않고 성장하면 아는 것이 없기 때문에, 경거망동하여 앞뒤를 돌아보지 않고 나라의 법규를 어기고, 죄악을 저지를 수도 있습니다. 국민들을 가르치지 않아 크게 낭패를 본 예를 들어 볼까요?

스코틀랜드 서방에 살고 있는 사람들은 무식하고, 굶어 죽을 정도로 가난하다고 합니다. 다른 곳 사람들이 그들을 불쌍히 여겨 일을 시키려 했지만, 무식한데다가 고향을 떠나지 못하는 아둔함 때문에 죽을 때까지 가난을 벗어나지 못했다고 합니다.

그뿐인가요. 북아메리카 주의 적색인들은 대대로 게으른 종족이라서 공부할 의욕이라곤 찾아볼 수 없습니다. 미국의 백색인들이 학교를 세웠지만, 배우려는 자가 없고 공부를 피했습니다. 결국 그들은 엽총 한 자루만 들고 숲 속에서 생활하는 그런 가난함에서 벗어나지 못하고 있습니다.

국민을 교육하는 일은 사람들의 사악한 점을 바로잡고, 사람들의 빈곤을 구제하기 위한 방편입니다. 그래서 교육을 받는 자만의 이익으로 그치지 않고, 이를 위하여 재물을 쓰는 자도 그 이익을 받게 되는 것입니다.

한 나라의 빈부, 강약, 존망은 그 나라 국민 교육이 높은가 낮은가, 있는가 없는가에 달려 있지 그 밖의 다른 기준은 있을 수 없습니다.

제 4 편

국민의 권리

한 나라의 국민에게는 국민으로서의 권리라는 것이 있습니다. 바로 '자유와 통의(通義)'이지요. 이 자유와 통의의 권리는 모든 사람들이 다 같이 지녀야 하며, 다 같이 누려야 할 권리입니다.

자유와 통의의 의미에 대해서 좀 더 자세히 알아볼까요?

자유는 무슨 일이든지 자기 다음이 좋아하는 대로 하되, 생각을 굽히거나 얽매이지 않는 것을 말합니다. 그러나 결코 자기 마음대로 방탕하라는 취지는 아닙니다. 나라의 법률을 받들고 정직한 도리를 굳게 지니면서, 다른 사람을 방해하지 않고 방해 받지도 않으면서, 자기가 하고 싶은 일을 자유롭게 하는 권리이지요.

통의는 당연하고 바른 도리라고 할 수 있습니다. 가령 관직을 맡은 사람이 그 임무나 직책을 수행하기에 알맞은 직권을 가지는 것, 집을 소유한 자가 당당하게 자기의 소유물이라고 말하는 것, 남에게 돈을 빌려 준 사람이 약속한 만큼의 이자를 요구하는 것, 이것이 모두 통의의 권리입니다.

　자유를 비유하자면 좋은 말과 같다고 할 수 있습니다. 말은 마부가 제대로 다루지 못하면 굴레와 고삐를 벗어 버리고 달아나려는 버릇이 생기기 마련입니다. 이때 필요한 것이 통의로, 굴레와 고삐 역할을 하도록 한 것입니다. 말을 제대로 다루는 이치는 오직 법률에 있는 것이지요.

통의와 자유의 조목 세우기

신명의 자유　정직한 방법으로 행동거지를 조심하여 자기 분수를 넘지 않을 때 자주적인 즐거움을 누릴 수 있는 것.

통의　자기의 생명과 몸을 정직한 방법으로 보전하여 남의 침범을 피하고 안락한 상태를 유지하는 것.

재산의 자유　자기 재산을 자기 마음대로 활용하는 것.

통의　자기 소유의 재산을 잘 간수하여 실제로 보전하는 것.

영업의 자유　자기가 할 수 있는 일을 해서 타인의 방해 없이 생활을 영위해 나가는 것.

통의　생업을 하는 데 있어 억울함 없이 잘 지켜 나가는 것.

집회의 자유　여러 사람이 합의하여 모임을 가지려고 할 때 금지

하는 사람이 없어서 서로 자유롭게 사귀고 즐거움
을 누릴 수 있는 것.

통의 남으로부터 방해를 받지 않고 집회를 유지한다는 약
속을 지켜 그 집회의 특성을 잘 보전해 나가는 것.

종교의 자유 각자가 원하는 종교에 타인의 구애 없이 귀의할 수
있는 것.

자유에는 좋고 나쁜 구별이 있습니다. 하늘의 이치를 정직하게
따르는 것은 좋은 자유이고, 사악한 인간의 욕심에 맡기는 것은 나
쁜 자유라는 것입니다.

통의에도 참과 거짓의 구분이 있습니다. 참다운 통의는 타고난
좋은 자유를 지키는 것이며, 거짓 통의는 인위적인 나쁜 자유를 자
행하는 것입니다.

그런데 국민들의 교육이 부족하면 좋은 자유와 나쁜 자유, 참다
운 통의와 거짓 통의를 알지 못하게 되어 그 권리를 나쁘게 사용할
수도 있습니다. 국민의 권리를 평등하게 하려면 먼저 교육에 힘써,
사람들로 하여금 저마다의 지식을 쌓게 해야 합니다. 이것이 곧 정
치의 참된 길이기도 하지요.

인간 세상의 경쟁

가족을 위한 일이라면 육체적으로 힘들어도 괴롭지 않고, 돈을 써도 꺼리지 않는 것이 사람의 본성입니다.

그러나 사람이 일단 자기 집을 나서서 세상 사람들과 서로 얽히게 되면 사정은 달라집니다. 자기가 좋아하는 일만 하고 싶어하고, 싫어하는 것은 내색하고, 그러면서도 자기의 목표를 달성하려고 서로 다투게 되는 것이지요. 이것이 바로 '세상 사람들의 경쟁'이라는 것입니다.

그런데 만약 사람 사이에 경쟁하는 마음이 없다면 어떻게 될까요? 일을 할 때 최선을 다하는 정성(온갖 힘을 다하려는 참되고 성실한 마음)이 없어질 테고, 새로운 일은 더 이상 생겨나지 않겠죠. 사람들은 경쟁을 통해서 더 부유하고 안락한 생활을 원하게 됩니다.

옛날 유럽의 봉건 시대에는 국내의 귀족이 법에도 없는 권세를 마구 부려서 부자들의 재물을 빼앗았으며, 임금이 사사로운 욕심을 이기지 못하고 부자들의 재물을 몰수하기도 했습니다. 그러다가 시대가 차츰 개화되자 사람들이 언행과 지식을 갈고닦아 나라의 법률을 개정하고 민생의 권리를 보호하게 되었습니다. 그 후, 경쟁하는 풍습도 좀 더 건전하고 신사적인 방법으로 바뀌게 된 것입니다.

그런데 이런 경쟁을 자세히 살펴보면 놀라운 점 하나를 발견할 수 있습니다. 사람은 저마다 자기만의 이익을 추구하는 것 같지만, 그 일의 성공을 위해서는 여러 사람이 서로 엉켜 있어야만 가능하다는 것이지요. 하늘과 땅 사이에 다른 사람이 없고 자기 한 몸만 존재한다면 어떻게 생활을 영위할 수 있겠습니까!

학자는 학문에 힘쓰고 농부는 농사에 힘쓰며 직공과 장사꾼도 각기 종사하는 일에 힘을 다하여 혹시 남보다 뒤지지 않을까 걱정하는 마음을 가지는 것, 그것이 가장 바람직한 경쟁의 모습입니다.

제5편

정부의 시초

아득한 상고 시대 사람들의 생활은 어땠을까요? 무질서와 무절제가 판치는 시대였을까요? 아니면 나름대로의 법과 질서가 존재했을까요?

아메리카의 적인종들은 각 부락마다 그 우두머리의 절제를 받았고, 뉴질랜드라고 하는 지방에도 예부터 그 고장의 왕이 몇 사람 있었다고 합니다.

터키라는 나라에서는 국민이나 노예들이 그 지방의 우두머리에게 조그만 예절이라도 지키지 않으면 그 자리에서 칼을 뽑아 목을 베었다는군요. 또 일본에서는 평민 가운데 말을 타는 자가 있으면 무사가 당장 목을 베어도 당연하게 여겼다고 합니다.

그러다가 오랜 세월이 지나면서 인구가 점차 늘어나자 총명한 사람이 생겨나기 시작했지요. 그러자 백성들이 야만인처럼 사는 것

을 한탄하면서 정부를 만들고, 어질고 총명한 사람을 받들어 임금
의 자리에 앉혔습니다.

　이렇게 임금이 된 자에게 주어진 가장 중요한 임무는 국민들의
마음을 하나로 만들고, 국민을 위하여 태평스러운 행복의 기틀을
마련해 주는 것이었습니다.

정부의 종류

인간이 문물을 차츰 깨치기 시작한 뒤부터 생겨난 정치 제도는 저마다 차이가 있고 종류도 다릅니다.

첫째, 임금이 마음대로 하는 정치 체제.

둘째, 임금이 명령하는 정치 체제.

셋째, 귀족이 주장하는 정치 체제.

넷째, 임금과 국민이 함께 다스리는 정치 체제.

다섯째, 국민들이 함께 다스리는 정치 체제.

위와 같은 체제를 기준으로 보면 아시아 여러 나라에는 임금이 명령하는 정치 체제가 많고, 유럽 여러 나라에는 임금과 국민들이 함께 다스리는 체제가 많고, 남·북아메리카 여러 나라에는 국민들이 함께 다스리는 정치 체제가 많습니다.

정부의 정치 제도

그럼, 이렇게 생겨난 정부가 국민을 위해 무슨 일을 할까요? 복잡하고 많은 일들이 있겠지만 몇 가지만 적어 보겠습니다.

첫째, 국민들이 자유롭게 행동하도록 해 주는 것.

둘째, 종교를 믿게 해 주는 것.

셋째, 기술과 학문을 장려하여 새로운 문물을 발명하도록 길을 열어 주는 것.

넷째, 학교를 세워 국민을 교육하는 것.

다섯째, 정부를 믿게 하고 국민을 안정시키는 것.

여섯째, 국민들을 굶주림과 추위, 질병과 괴로움에서 벗어나게 해 주는 것.

제6편

정부의 직분

정부의 직분은 한마디로 말해 국민들이 태평스러운 즐거움을 누리게 하고, 국민들로 하여금 원통하거나 억울한 일이 없도록 하는 것입니다. 그러나 국민들을 위한답시고 사소한 것까지 간섭하는 것은 옳지 않습니다.

중요한 것은, 국민들을 위해 무조건 도와줄 것이 아니라 저마다의 힘과 재주를 발휘하여 생계를 마련할 수 있도록 힘을 길러 주는 것입니다. 국민이 오로지 나라에만 의지한다면 나라는 그 힘을 이겨 내지 못하고 무너지고 말 것입니다. 가난한 사람을 구제하기보다는 가난한 사람을 없애는 것이 정부의 일입니다.

이렇게 해서 국민들의 생활이 조금씩 안정이 되면 슬슬 새로운 욕심이 생겨나게 마련입니다. 바로, 좀 더 달고 맛있는 음식을 먹고 싶다, 더 따뜻하고 때로는 시원한 옷을 입고 싶다, 더 안락한 집에서 살고 싶다는 욕심이 그것입니다.

그 욕심을 채우기 위해 사람들은 이익을 남기려 들기 시작합니다. 물건을 만들어 파는 사람도 생겨나고 사는 사람도 생겨나고, 세상 사는 일도 복잡하게 얽혀 갑니다. 나라도 국민들이 이익을 챙길 수 있는 아주 실속 있는 방안을 찾아내지요. 이때 생겨난 것이 바로 적금치소와 상조계입니다.

적금치소는 오늘날의 은행과 같은 곳입니다. 소시민이 열심히 일하고 받은 품삯을 조금씩 저축하였다가 목돈을 만들어 주는 희망의 장소이지요.

상조계는 같은 뜻을 지닌 사람들이 돈을 모아서 큰돈을 만들었다가 불행한 일을 당한 계원에게 먼저 돈을 쓰게 해서 도움을 주는 것입니다.

세금이 생긴 것은 이즈음입니다. 나라에서 국민들을 위한 일을 실행하는 데 서서히 돈이 필요하게 된 것이지요. 국민들의 무식함을 일깨우려면 도서관이 있어야 했고, 한걸음 나아가 식물원이나 박물관 등도 지어야 했으니까요.

이제 세금에 관한 이야기를 시작해야 할 시간이 된 것 같습니다. 제7편에서 세금에 관해 자세히 알아보겠습니다.

제7편

세금을 거두는 법규

영국의 세금 관련법으로 이야기를 시작하겠습니다. 종류도 다양하고 그 법규도 치밀하고 공정합니다.

세금의 종류

해관세   항구에 수입되는 외국 물품에서 거두는 세금. 술, 차, 담배 등은 세금을 무겁게 매기고, 일상생활에 필요한 물품에는 적게 매기거나 매기지 않는 것도 있다.

물산세   물품에 따라 세금이 두껍고 가벼운 차이를 정한다.

관허세   상업을 하는 사람이 관청에서 특허를 받을 때 따로 내는 세금.

증인세   민간에서 쓰는 어떤 문서든지 관청의 증명을 받아 뒷날에 증거로 삼는 것.

토지세 땅이 넓은지 좁은지, 토질이 좋은지 나쁜지에 따라 일
년 동안 수확한 곡식의 25분의 1을 거둬들인다.

가산세 교사와 장사꾼 등이 돈을 벌어서 살림을 꾸려 나갈 때
소득의 25분의 1을 세금으로 내는 것.

이러한 각종 세금들은 중앙 정부에서만 거둬들일 수 있습니다.
이렇게 세금을 거둬들일 때는 분명한 조목과 엄정한 규칙을 세워야
하는데, 프랑스 정치학자 브리앙이 정한 '세금을 거둬들이는 규칙'
을 보면 잘 알 수 있습니다.

첫째, 세금은 정부의 당연한 사무를 위한 것이니, 풍족한 액수를
거둬들이지 않으면 안 된다.

둘째, 세금을 내는 자의 능력에 알맞도록 세금을 매기고 거둬들
여야 한다.

셋째, 세금 거두는 비용을 절약하여야 한다.

넷째, 세금으로 국민들의 생계를 억제하지 말고 나라의 경제를
손상시키지 말며 합당한 도리를 지켜야 한다.

정부가 국민들로부터 세금을 거둬들이는 것은 사사로운 일을 위
해서가 아니라 나라의 공적인 비용을 마련하는 것이므로, 공평한

방법으로 골고루 혜택을 베풀어야 합니다. 그럼 정부가 세금을 매기기 전에 지켜야 할 일에는 무엇이 있을까요?

첫째, 국민의 재산에서 세금을 거두는 기준을 마련해야 한다.

둘째, 국민들이 생활하는 데 반드시 필요한 물품에는 세금을 매기지 않아야 한다.

셋째, 꼭 필요하지 않은 사치품 종류에는 무거운 세금을 매겨도 좋다.

세계에서 이름난 나라의 인구와 세금 액수, 개인이 평균적으로 내야 하는 금액

나라	인구	세금	1인당 평균 액수
중국	대강 4억 2,500만 명	대강 25억 냥	4냥 남짓
일본	3,592만 5,000명	13억 7,140만 냥	38냥 남짓
프랑스	3,690만 5,000명	119억 8,260만 냥	324냥 남짓

세금의 1인당 평균 액수를 가지고 여러 나라가 얼마나 냈는지 서로 비교해 보면, 세금을 많이 낸 나라일수록 그 부유함과 편안함을 더 많이 누리고 있다는 것을 알 수 있습니다. 왜냐하면 세금을 많이 냈

다는 것은 그만큼 국민들의 생활 수준이 높다는 것을 말해 주니까요.

그렇다면 임금이 국민의 고통을 덜어 주기 위해 세금을 덜어 주는 것이 바람직한 일일까요?

이것은 안 될 말입니다. 차라리 그 덜어 주는 세금만큼의 돈을 잘 써서 국민들에게 유익한 사업을 펼치는 것이 더 낫다고 말할 수 있습니다. 또 다른 면에서 보자면 국민의 게으른 풍습을 기르기 쉽고, 뒷날에도 이러한 혜택을 다시 베풀지 않으면 원망하는 소리를 듣게 될 것이니 신중하게 생각해 봐야 할 문제입니다.

납세의 의무

정부는 국민의 머리 꼭대기에 서서 마음대로 명령하고 군림하는 것은 결코 아니지요. 어찌 보면, 국민들의 일을 대신해 주는 심부름꾼일 수도 있습니다.

그런데 인간 세상의 일이란 게 다 그렇습니다. 무엇을 하려고 움직일 때마다 돈이 필요하고, 필요한 것을 사려고 해도 돈이 없으면 안 되지요. 그렇다고 정부의 관리가 돈을 만들어 내는 사람이 아니기 때문에, 그 비용을 국민한테서 거두지 않으면 안 됩니다. 세금을 거두는 일은 이런 과정을 통해 세상에 얼굴을 내밀게 되었습니다.

72

그럼 국민들이 정부로부터 받는 혜택에는 어떤 것들이 있을까요?

가장 기본적인 것으로는 사랑하는 가족과 함께 즐거움을 누리며 사는 것이 있겠죠. 나아가서 친구와 재미있게 놀 수 있는 것, 억울함을 호소할 수 있는 것 등, 손으로 만지거나 눈으로 볼 수 있는 물건은 아니지만 국민들은 늘 정부의 도움을 받고 살아갑니다.

여기서 문제는 돈입니다. 돈이 없으면 정부는 이 많은 일들을 해낼 수가 없습니다. 가령, 군사를 양성해서 나라를 지키는 일에도 돈과 양식이 들어가지요. 학교를 세우려면 건물을 지어 올릴 돈이 필요합니다. 이 정도면 정부야말로 가장 커다란 살림꾼이라고 해도 과언이 아니겠죠.

그런데 국민들이 적은 세금을 내고 큰 혜택을 받으려고 한다면, 이것은 자본금이 적은 장사꾼한테 헐값으로 물건을 사려고 하는 것이나 마찬가지입니다. 세금을 내는 일은 국민의 당연한 의무입니다. 만약 세금을 내지 않는 사람이 있다면 정부는 엄격한 법으로 처벌해야만 합니다.

그러나 거두어들인 세금보다 지출이 많아서 정부의 살림이 어려워지면, 정부는 잠시 임시방편으로 돈을 빌려야 합니다. 그것을 '국채' 라고 하는데 돈이 많은 사람에게 돈을 빌리거나 외국인에게서 돈을 빌리는 것입니다. 물론 갚을 때는 본전과 이자를 함께 쳐주

어야 합니다. 이 일은 정부의 책임이지만, 사실 알고 보면 돈을 내
는 것은 국민들의 몫입니다.

제8편

세금의 용도

국민들로부터 거둬들인 세금은 도대체 어디로 흘러가는 것일까요?

첫째, 정부를 유지하는 일.

둘째, 국민을 교육하는 일.

셋째, 나라에서 공사하는 일.

넷째, 종교를 도와주는 일.

다섯째, 가난한 국민을 구제하는 일.

여섯째, 나라를 지키는 일.

일곱째, 외국과 교섭하는 일.

나라에서 각국 정부에 공사, 영사 같은 사절단을 보내는데, 그 이유는 나라 사이의 우애를 다지고 상업적인 이익을 얻기 위해서입니다. 또 비밀스럽게 간첩을 두는 것은 우리나라를 향하여 무슨 생각을 가지고 있는지 탐지하여 그것에 대비하는 방책을 세워 두기 위해서입니다. 이 두 가지 경우에도 돈은 반드시 필요합니다.

한마디로 말해, 국민들이 낸 세금은 국민과 나라를 위해 필요한 곳에 두루두루 쓰이는 것이지요.

국채를 모집하여 사용하는 까닭

'국채'라는 것은 나라의 재정이 모자랄 때 국민들의 돈을 빌려 쓰는 것을 말합니다. 나라가 태평 무사할 때는 걱정이 없지만 흉년으로 말미암아 국민들을 구제하기 위해 큰돈이 필요하다든가, 국민에게 꼭 필요한 사업이 있을 때가 생길 수도 있습니다. 그런데 그 액수가 너무 많아서 국민들이 낸 세금으로 당해 낼 재간이 없을 때, 정부에서 민간인의 돈을 빌려 쓰는 것이지요. 또 본국 국민들이 가난하여 어쩔 수 없을 때에는 부득이 외국인에게 돈을 빌리는 경우도 있습니다.

그런데 외국인에게 돈을 빌렸다가 상환하는 기간을 어기게 되면 나라가 위태로운 지경에 이를 수도 있기 때문에 이 일은 절대 신중해야만 합니다. 그렇다고 국채를 겁내서 나라의 일을 소홀히 해서는 안 될 것입니다. 나라와의 약속을 소중히 여기고, 상환 기간을 엄격히 지키면 되니까요.

그렇다면 다른 나라들은 얼마 정도의 국채를 갖고 있을까요?

영국 746억 4,239만 6,900냥

이탈리아 20억 9,022만 8,900냥

일본 54억 1,181만 6,900냥

미국 1,413억 9,209만 5,100냥

국채가 많은 나라는 가난하고 국채가 적은 나라는 부유할 것이라는 추측은 옳지 않습니다. 이것은 단지 정부가 진행하고 있는 사업의 규모에 따라 달라지는 것이지, 가난하고 부유하고를 말하는 자료는 결코 아니기 때문입니다.

제9편

교육하는 방법

오늘날 부강하다고 이름난 나라들의 비결을 알아보면 공통점이 하나 있습니다. 바로 국민들의 교육에 많은 투자를 하였다는 것입니다. 교육에 대해서 정확하게 알아야 할 필요성이 여기에 있습니다.

정부는 국민들을 교육하는 곳을 '학교'라고 이름 지었습니다. 그리고 학교마다 선생을 두어 배우러 오는 자들을 가르치게 하고, 모든 비용은 세금으로 충당하였습니다. 이때 선생의 봉급을 후하게 쳐 주었는데, 그 까닭은 선생 노릇을 하는 동안에는 다른 직업을 가질 수가 없기 때문입니다. 또 학교에서는 교과서를 풍족하게 구입해서 학생들에게 나누어 주고 교과서를 소중하게 취급하도록 시킵니다.

그럼 학교 건물은 또 어땠을까요?

학교 건물은 대체로 화려하게 꾸밉니다. 어린아이들에게 공부하

79

려는 의욕을 심어 주기 위해서이지요. 공부하는 시간, 쉬는 시간도 분명히 정해 놓았으며 교실도 튼튼하게 마련해서 공부하는 데 불편함이 없도록 합니다.

네 등급으로 나누어지는 학교

시작하는 학교 공부를 시작하는 어린이들을 가르치는 곳. 여기
서는 어린아이의 행실에서부터 글자의 획수, 수
학의 기초, 짐승의 이름 등을 배운다.

문법학교 언어로 문장을 구성하는 방법을 가르친다. 여기에 배우러
오는 아이들은 모두 시작하는 학교를 졸업한 자들이다.

고등학교 문법학교를 졸업한 학생들이 다니는 학교. 또 대학교
에 진학하려는 자들을 가르친다.

대학교 이곳은 가르치는 과목이 따로 정해져 있지 않다. 자신이
특별히 연구하고 싶은 과목을 공부한다.

학교는 개인적인 재력으로 세운 것도 있고, 많은 사람이 힘을 합
하여 세운 것도 있고, 정부에서 특별히 세운 것도 있습니다. 정부
에서 특별히 세운 학교 중에서 거론할 만한 것은 '사범 학교'이지
요. 이 학교에서는 유식한 여자들을 가르쳐서 시작하는 학교의 선
생으로 삼습니다.

또 정부는 해마다 한 차례씩 관리를 파견하여 학교를 시찰하고, 사
립학교 중에서 비용이 부족한 곳에는 보조금을 지급하기도 합니다.

또 대학교의 기부 제도도 소개할 만합니다. 기부 제도는 그 학교

에서 배운 자라든지, 운영 위원이라든지, 집안 살림이 넉넉한 자가 세상을 떠날 때 큰 재산을 기부하여 강당을 짓거나, 학생 가운데 가난한 자의 학비를 전액 대신 내주는 것입니다. 이 기부 제도에는 후배들이 더 좋은 시설에서 공부해 훌륭한 인재로 길러지기를 바라는 순수하고 선량한 뜻이 담겨 있습니다.

군대를 양성하는 제도

군대는 나라를 지켜 주는 커다란 방패와도 같습니다. 개인이 집을 짓더라도 울타리를 만들어 스스로 지키는 것처럼, 한 나라도 외국의 침략을 막고 방비하기 위해 군대를 양성하고 군사를 훈련시키지요.

그러나 군대가 그저 힘자랑이나 하고 약소국을 괴롭히기만 한다면 군대를 설치하는 참된 취지가 아닐 것입니다. 이것은 야만인이나 하는 짓입니다.

군대의 필요성을 알았으니 이제부터 서양의 여러 나라에서는 어떤 방법으로 군대를 설치하는지 알아보겠습니다.

군사를 불러 모으는 방법에는 자원하는 법과 징병하는 방법이 있습니다. 두 가지 다 복무 기간은 3년이며, 군사가 되려면 군의관의 진단을 받아 반드시 합격하여야 합니다.

군사 훈련은 신속하고 정확한 것을 생명으로 삼으며, 기계의 사용법도 철저하게 배워 둡니다. 옛날 사람들의 무기는 칼이나 창이었지만, 지금은 총이 모든 무기를 지배하기 때문에 시대적인 흐름에 발맞춰서 기계를 갖추고 사용법을 완벽하게 익혀 두어야 합니다.

군대를 양성하면서 의사를 두지 않으면 안 됩니다. 군의관은 병들거나 다친 군사를 구제하고, 군사를 불러 모을 때 군사가 될 만한 건강을 갖췄는지 진단해야 하니까요.

이렇게 잘 짜여진 군대를 유지하는 데에도 많은 돈이 듭니다. 군인들이 먹는 음식, 입는 옷, 그리고 기계를 사는 일에도 돈이 필요하고 군인들에게 월급도 줘야 합니다.

그러면 이 모든 돈은 어디에서 나오는 걸까요? 물론 세금이지요. 그러므로 국민들은 성의를 다해 세금을 내고, 군대에서는 그 돈을 꼭 필요한 데에만 써야 합니다.

서양 여러 나라들은 몇 명의 군사를 두고 있을까?

- **브라질** 13만 5,000명
- **프랑스** 50만 2,866명
- **이탈리아** 17만 명
- **영국** 46만 4,092명
- **미국** 2만 7,177명

이 수치에 너무 골똘할 필요는 없습니다. 군사 수가 적더라도, 군사 수는 많지만 허약한 군대보다 유능한 군사가 더 많다면 사정은 달라지니까요. 숫자보다 더 중요한 건 얼마만큼 강한가, 훈련이 잘 되어 있는가입니다.

각국의 군사 한 사람한테 필요한 돈은 얼마일까?

- **영국** 92냥 2전
- **러시아** 50냥 8전
- **독일** 57냥 1전 4푼
- **프랑스** 100냥
- **오스트리아** 33냥 2전

세계 각국이 보유한 군함은 몇 척일까?

- **중국** 70여 척
- **미국** 93척
- **러시아** 379척
- **영국** 227척
- **일본** 40여 척
- **이탈리아** 72척

제10편

화폐의 근본

화폐는 나라의 목숨과 맥박 같은 것이며, 국민들의 원기와 피이기도 합니다. 또 모든 물건의 표준을 세워 주고, 사고파는 중심 역할도 해 줍니다.

이런 경우를 한번 가정해 볼까요?

여기 두 사람이 있습니다. 한 사람은 베를 가지고 있고, 한 사람은 조를 가지고 있으면서 서로 바꾸려고 합니다. 그렇게 하려면 베한 자에 조 얼마를 주어야 하는지, 조 한 말에 베 얼마를 주어야 하는지를 우선 알아야 하겠지요. 바로, 물건의 가치에 맞게 매겨진 '가격' 이라는 기준이 있어야 하는데, 그 일을 바로 화폐가 대신해 주는 것입니다.

화폐가 생겨나지 않았을 때는 여러 가지 도구를 썼습니다. 소금이나 옥, 조개, 짐승 가죽, 차, 소, 양을 사용하였는데 그중에서 특

히 훌륭한 일을 해낸 것은 금과 은이었습니다. 금과 은이 화폐를 대신하기에 안성맞춤이었던 이유는 바로 이렇습니다.

금과 은은 그 자체가 보배롭고 소중한 물건이기 때문입니다. 장소를 옮기거나 신기가 수월하고, 오래 되어도 닳거나 모양이 변하지 않고, 작은 양으로 쪼개기 쉬운 점도 들 수 있습니다. 또 값이 갑자기 오르내리는 일이 없고, 육안으로 분별하기가 쉽기 때문입니다.

이렇게 써 오던 금과 은 대신 생겨난 것이 지폐, 즉 종잇조각으로 만든 돈입니다. 그런데 종잇조각이라고 해서 결코 가볍게 보아 넘기거나 얕잡아 봐서는 안 됩니다. 왜냐하면 종이에다 정교한 무늬와 일정한 금액을 인쇄해서 위조하는 일을 철저하게 막고 있기 때문입니다.

어떤 경제인은 화폐에 관하여 이렇게 말했습니다.

"화폐가 균일하지 않으면 국민들이 폐를 입게 되고, 화폐가 정교하지 않으면 나라가 병들게 되며, 균일하지도 않고 정교하지도 않으면 국민과 나라가 그 해를 함께 입는다."

화폐를 만드는 일은 나라의 자존심을 세우는 일과 같습니다. 이 일에 소홀함이 있어서는 절대 안 되겠지요.

법률이 존재하는 이유

법률이 존재하는 이유는, 국민들에게 정직한 생활을 권하며 억울한 일을 바로잡아 주는 데 있습니다. 또 윤리와 기강을 바르게 하고 풍속을 바로잡는 것은 법률이 있을 때만 가능해집니다.

세상의 한 사람 한 사람이 자기의 몸, 재산, 명예를 올바른 방법으로 지키며 편안한 즐거움을 누리려고 하는 것은 예의와 의리, 깨끗한 마음, 부끄러워할 줄 아는 분별력이 있기 때문입니다.

그러나 바른 도리를 지키지 않고 윤리에 어긋난 일을 하거나 의롭지 못한 무리와 어울려 다니며 나쁜 짓을 일삼을 수도 있는 것이 또한 사람이기에, 법률은 죄를 짓지 못하도록 방지하는 차원에서도 존재합니다.

모름지기 한 나라의 제도가 완전하면 법률이 관대하고 공평하여서, 국민들이 저마다 생업에 마음 편히 종사하고 죄를 짓는 사람이 적기 마련입니다. 그러나 반대의 경우 정부의 제도가 불완전하면 법률 역시 엄격하고 가혹하며, 그럴수록 국민들 가운데 죄를 짓는 사람이 많아 생업이 평온치 못할 것은 뻔한 이치입니다.

물론 공평한 법은 공평한 법대로, 가혹한 법은 가혹한 법대로 장단점을 갖고 있습니다. 관대하고 공평한 법을 써야 할 때에는 관대하고 공평한, 엄격하고 가혹한 법을 써야 할 때에는 엄격하고 가혹한 법률이야말로 최상의 법률이라고 말할 수 있을 것입니다.

경찰을 두는 이유

나라에 경찰을 두는 목적은 나라의 치안을 유지하고 밝은 사회로 나아가는 데 있습니다. 법을 파괴하거나 질서를 무너뜨리고 사회의 안녕을 방해하는 자가 있다면 잡아 가두거나 못 하게 하는 것이 경찰의 본분입니다.

이런 경찰은 두 종류로 나뉘는데 비유를 들어 설명해 보겠습니다.

지금 어떤 도둑이 남의 집 울타리를 넘어가려고 하고 있습니다.

그 순간, 도둑의 발목을 잡는 경찰이 있습니다. 바로 행정 경찰입니다. 행정 경찰은 재앙과 피해를 미리 방지하여 국민들로 하여금 미리 죄를 짓지 않도록 합니다.

다시 이야기를 이어, 그 도둑은 마침내 울타리를 넘어 남의 집 마당에 몰래 들어섰습니다. 그 순간, 도둑의 두 팔을 뒤로 묶는 경찰이 있으니 바로 사법 경찰입니다. 사법 경찰은 이미 죄를 지은 범인을 수색하거나 체포해서 국민들의 곤란과 어려움을 제거하는 일을 합니다.

경찰 제도를 두는 것은 나라의 중요한 일 중 하나입니다. 국민들의 죄를 미연에 방지하고, 이미 죄를 저질렀다면 죄의 무게를 재어 벌을 받게 하는 것이 경찰의 책임입니다. 이런 면에서 보면 경찰의 직분은 관리들의 눈과 귀가 되고, 법관의 손과 발이 되는 것이지요.

제11편

당파를 만드는 버릇

사람들의 타고난 본성은 예나 지금이나 크게 다르지 않습니다. 그러나 세상을 살아가는 동안 환경이나 체질에 따라 혹은 성장 과정에 따라, 취향이 달라지고 어떤 일에 대한 의견도 서로 갈리게 되며, 좋아하는 것과 싫어하는 것의 구분이 선명해지게 됩니다.

이와 같이 한 가지 일에 대해 같은 취지를 가진 자들의 모임을 '당(黨)'이라고 합니다.

옛날 서양의 역사책을 보면 서로 다른 당끼리의 싸움이 끊이지 않았는데, 이 싸움은 작게는 자기 당을 무너지게 하고 크게는 나라 전체를 뒤엎을 정도였습니다. 그러나 후대에 이르면서 사람들의 지혜가 차츰 나아짐에 따라, 서로 자기의 주장만이 옳다고 목소리를 높이지 않고 다른 당의 의견도 귀담아 들어주는 아량이 생겼습니다.

그러면 서양 여러 나라 가운데 영국과 미국의 당은 어떻게 나누

어져 있는지 살펴보겠습니다.

먼저 영국에서 대립되는 당은 보수당과 개진당입니다. 보수당은 나라 정치에 있어서 옛 제도를 그대로 지켜 나가려는 당입니다. 반면 개진당은 정부의 제도를 때때로 개혁하여 보다 낫게 진보하려는 당입니다.

미국에는 국민들이 서로 공평하게 화목하자고 주장하고 있는 공화당과 민정당(민주당)이 있습니다. 이 두 당의 근본 의도는 같지

만, 공화당은 개진주의(진보주의)를 내세우고 민정당은 보수주의를
내세운다는 차이점이 있습니다.

이와 같이 당은 사람들의 의견이 언제나 같지 않다는 것을 말해
줍니다. 그렇기 때문에 내 주장이 옳다고 목소리를 높일 게 아니라
상대방의 의견도 존중해 주어야 합니다. 왜냐하면, 사람들의 생각
이 저마다 자유롭고 똑같지 않기 때문입니다.

생계를 구하는 방법

사람이 살아가는 데 꼭 필요한 조건이 세 가지 있습니다. 먹는
음식과 입는 옷, 그리고 잠을 자는 집이 그것입니다. 어질거나 어
리석거나 귀하거나 천하거나, 사람들이 사는 모습은 천차만별이지
만 결국 이 세 가지로 삶을 지탱하고 있지요.

그런데 이 세 가지를 구하는 방법에 법이 없다면 어떻게 될까요?
사람이 짐승이나 하찮은 미물과 다를 바가 없겠죠. 갈고닦은 기술
이 없으면 어려움과 고통이 따르는 게 세상살이입니다. 학교에서
배운 자는 정신을 쓰는 사람이 되고, 배우지 못한 자는 힘을 쓰는
사람이 됩니다.

그렇다면 서양 사람들은 어떤 일을 하면서 생계를 유지할까요?

몇 가지만 대략 살펴보겠습니다.

먼저 교사를 들 수 있습니다. 교사는 남보다 뛰어난 지위를 차지하고 있는 사람이라고 할 수 있습니다. 배우려고 하는 자들을 부지런히 가르쳐서 학생들로부터 학비를 받아 생계를 이어 나갑니다.

저술하는 사람은 유익한 문장과 후세어 가르침이 될 내용을 담아 책으로 펴내서, 그 책이 팔리는 만큼의 인세를 받습니다. 연설을 해서 그 대가로 돈을 받기도 합니다.

변호사는 어떠한 사건이 생기면 그 죄인을 대신하여 법을 어긴 이유와 억울한 사정을 호소하는 일을 합니다. 그래서 좀 더 가벼운 죗값을 받도록 도와주는데, 그 대가로 일정한 사례금을 받습니다.

이렇듯 사람마다 생계를 구하는 방도는 다르지만, 자기가 택한 생업에 마음과 힘을 다하는 것은 매한가지입니다. 사람이 살아가는 모습은 모두 각양각색이지만 그 본성은 크게 다르지 않은 것처럼 말이지요.

건강을 돌보는 방법

사람은 모두 건강하게 살다가 죽기를 원합니다. 그러나 사람이 태어나 늙고 병들고 죽는 것은 인간 세상의 자연스러운 이치입니다. 아무리 잘난 사람일지라도 이 이치에서 벗어날 수는 없습니다. 그렇기 때문에 세상에 사는 동안 조심스럽게 건강을 보살펴서 병으로 고생하는 일 없이 안락하게 복지를 누리는 것이야말로 가장 중요한 과제가 되는 것입니다.

사람들마다 그 사람 나름대로 건강을 돌보는 방법이 있듯, 한 집안에는 그 집안 나름대로 건강을 돌보는 방법이 있으며, 나아가 한 나라에는 그 나라 나름대로 건강을 돌보는 방법이 있습니다.

서양 사람들이 건강을 돌보는 규칙을 이야기해 보겠습니다.

첫째, 지체 운동이 있습니다. 이 운동은 걷고 달리면서 몸을 움직이는 운동을 말합니다.

둘째, 잠자는 것과 먹는 것, 입는 옷을 신중하고 정갈하게 선택하는 것입니다.

셋째, 집과 길을 깨끗이 해서 질병의 기운이 퍼지는 것을 막는 것입니다.

나라의 법을 어기지 않는 것이 국민된 도리를 다하는 것이며 가장 훌륭한 도리라고 하겠지만, 이에 못지않게 중요한 것이 자신의 건강을 스스로 돌보는 것입니다. 건강을 잃으면 모든 것을 다 잃는 것이나 마찬가지니까요.

제12편

나라를 사랑하는 마음

나라는 한 겨레의 국민들이 같은 땅에 살면서 언어, 법률, 정치, 풍습을 같이 하는 공동체를 말합니다. 또 같은 임금과 정부를 섬김으로써 나라의 행복과 불행을 함께하는 운명 공동체이기도 하지요.

우리 조선 사람의 예를 들어 볼까요?

사람은 누구나 자기 가족의 성씨와 부모님이 지어 준 이름을 가지고 있는데, 이것은 어디까지나 자기와 가족, 핏줄을 나타낼 뿐입니다. 그러나 '조선인'이라는 세 글자는 어떤가요? 이 글자야말로 가장 중대하고 큰 이름이 아닐까요?

우리 조선 사람이 된 자들은 그 이름이 아무개든지, 또 자신의 빈부귀천을 가릴 것 없이 공통적으로 '조선인'이라는 보호막을 쓰고 있는 것입니다. 그 목숨은 빼앗을 수 있지만 조선인이라는 이름은 빼앗을 수 없고, 그 직업은 그만두게 되더라도 조선인이라는 이름은 함부로 벗어 버리거나 내팽개칠 수 없는 것입니다. 우리가 외국 사람을 대할 때 행실을 단정히 하고 몸가짐을 의젓하게 하는 것은 내가 곧 나라의 얼굴이 되기 때문입니다.

그럼, 다른 나라 사람들은 자기 나라의 이름을 보호하기 위하여 어떤 노력을 기울일까요? 또 어떠한 몸가짐으로 나라의 이름을 드높이고 있을까요?

먼저 농사짓는 사람이 나라를 사랑하는 정성부터 알아보겠습니다. 농업은 나라의 커다란 근본을 세우는 것입니다. 게으른 습성이 생겨 부지런히 힘쓰지 않으면 농사짓는 사람의 생계가 궁색해질 뿐만 아니라 나라가 궁핍한 지경에까지 이를 수 있습니다. 농사짓는 사람은 부지런히 땅을 가꾸고 몸을 놀리는 것이 곧 나라를 사랑하는 길입니다.

장사하는 사람과 물품을 만드는 사람이 나라를 사랑하는 정성도 그 이치가 아주 넓습니다. 물품을 만드는 일은 그들의 생계를 이어 가기 위한 수단에 지나지 않지만, 넓게 생각할 때 나라의 빈부를 결정짓는 것이기도 합니다. 한 나라가 가난하거나 부강해지는 것은 그 나라의 기술자의 손에 달렸다고 해도 지나친 말이 아니기 때문이죠.

공직자가 나라를 사랑하는 정성에 대해서 알아볼까요? 나라의 재산을 훔치거나 법률을 어지럽힌 자는 그 나라를 욕되게 하는 것이

며, 임금의 명령을 돌아보지 않고 자기의 사욕만 채움으로써 국민들을 떠돌아다니게 하는 자는 그 나라의 적이나 마찬가지입니다. 한 나라의 공직자라면 외국인을 공손히 접대하고 몸가짐을 바르게 하여 내가 곧 나라를 대표한다는 마음을 가져야 할 것입니다.

학자도 마찬가지입니다. 학자라면 천만 가지 사물에 문명의 바람을 불어넣어 주고, 편리한 방법을 사람들에게 가르쳐 주어야 할 것입니다. 조금이라도 다른 나라에 뒤지는 것이 있으면 이를 부끄러워하고 밤낮으로 연구하여 다른 나라를 앞지르는 방법을 찾아야 합니다.

따라서 나라를 사랑하는 마음에 빈부와 귀천을 두지 말고 맡은 일에 최선을 다하는 것이 곧 애국이요, 충성이라는 사실을 잊지 말아야 합니다.

어린이를 양육하는 방법

모든 교육이 중요하고 반드시 필요한 것이지만, 어린아이를 양육하는 것은 특히 중요합니다. 어릴 때 받은 교육이나 이때 형성된 인격이 인생을 좌우한다고 해도 지나친 말이 아니기 때문입니다.

어린아이는 나라의 근본이고, 여자는 특히 어린아이의 근본이 됩니다. 여자가 근본이 되는 이유는 사내아이와 계집아이가 열 살이 되기 전까지 양육하는 책임이 바로 여자인 어머니에게 있기 때문이지요.

이처럼 중요한 어린아이 교육을 서양에서는 어떻게 하고 있는지 살펴보겠습니다.

어린아이를 양육시키는 일이 특히 중요한 시기는 세상에 태어나 말을 배울 때까지입니다. 그사이에는 어머니의 많은 정성과 잦은 손길이 필요하며, 무엇보다 사랑하는 마음을 듬뿍 쏟아야만 어린아이의 심성이 안정되고 바르게 자리잡습니다.

아이가 걸음마를 배우고 말을 시작하게 되면 양육하는 방법도 조금 달라져야 합니다. 이즈음에 가장 신경 써야 할 것은 아이의 놀이 문화인데, 특히 갖고 노는 장난감에 신경을 써야 합니다. 아무것도 모르는 아이들의 장난감이라고 해서 성의 없이 만들어서는 안되며 반드시 교훈적인 뜻을 담아야 합니다.

노는 동안에도 일정한 규율을 마련하여 자거나 먹는 시간을 어기지 않도록 해야 합니다. 말을 하고 행동을 할 때도 조심해야 하며, 어른을 공경하는 예절과 친구를 사귀는 방법도 모두 어른의 교훈을 받도록 해야 합니다.

벌을 줘야 하는 경우라면, 성난 얼굴로 매질을 하기보다는 조용히 불러 이야기하면서 타일러야 합니다.

음식을 먹을 때도 언제나 어른을 모시고 먹도록 하는데, 먼저 먹기를 허락하지 말고 또 먼저 일어나는 것도 허락하지 말아야 합니다.

어린아이가 자라서 학교에 다니게 되면 모든 일을 일정한 시간에 행하도록 하여야 합니다. 먹고 자는 시간, 노는 시간도 규칙에 따르는 것이 가장 좋습니다. 어린아이를 교육시키는 방법은 어떤 일이든지 일정한 시간에 행하도록 하여 어린 시절부터 규범 가운데 자라도록 하고, 약속을 어기지 않도록 해야 합니다. 이렇게 자란 어린아이는 훗날 분명 믿을 만한 사람이 될 것입니다.

이런 과정을 통해 어린아이가 올바르게 자랐다면, 이제부터는 모든 것을 부모가 대신해 줄 것이 아니라 스스로 작은 일이라도 처리할 수 있는 힘을 길러 줘야 합니다. 어린아이가 자라 친구가 생기면, 친구들도 가려서 사귀도록 도와주어야 합니다.

이렇게 가르치고 길러서 어린아이의 나이가 스무 살이 되면 비로소 성인이라고 불리게 됩니다. 무슨 일을 하거나 무슨 사업에 종사하든지, 잘못이 없으면 자기 마음대로 할 수 있게 되고 어른의 간섭이 줄어들게 되는 것이지요.

성인이 되면 옷이나 음식부터 쓰는 물건에 이르기까지 모두 자기가 부담해야 합니다. 자유가 주어지는 동시에 스스로 살아 나가야 하는 고통도 함께 따르는 것이지요.

지금까지 알아본 것들은 서양 여러 나라의 사례를 주워 모은 것인데, 한결같이 어린아이를 교육시키는 모습이 무척 극진하다는 생각을 합니다. 우리나라의 어린아이들도 극진한 보살핌과 훌륭한 교육을 받아 나라의 든든한 일꾼이 되어 주기를 기원해 봅니다.

제13편

서양 학문의 역사

2700여 년 전부터 그리스에는 많은 학자들이 있었습니다. 시와 문장, 철학과 논리학에서도 찬란한 학문의 번성을 이루었지요. 그러나 아쉽게도 국운이 쇠퇴하자 학자들의 기풍도 거의 끊어지고 말았습니다.

그러다가 1200년 무렵 영국 사람 '베이컨'이 해박한 지식과 뛰어난 재주를 가지고 세상에 나타났지요. 베이컨은 망원경을 만들고 의학과 기계학의 큰 가닥도 잡았지만, 사람들의 무식함 때문에 오히려 엄벌에 처해지고 말았습니다.

그 뒤 학문이 크게 일어난 것은 1423년에 서양식 인쇄술이 발명되고부터였습니다. 이 무렵 여러 나라에서는 학교를 앞다퉈 세우기 시작했습니다.

1600년대에 이르러서 여러 학자들이 실용적인 학문을 연구하고 구체적으로 증명하자 세상 사람들의 머리는 깨어나기 시작했습니다. 특히 영국 사람 '루푸'가 발표한 '피가 사람들의 몸 안에서 순환하는 이치'는 세상 사람들의 지각을 완전히 전환시키는 계기가 되었습니다.

이어 영국의 '뉴턴'이라는 대학자가 스물네 살에 하늘과 땅 사이에 작용하는 인력을 밝혀내고, 광선의 효용과 빛의 성질을 연구하는 등 만물의 조화를 깊고도 오묘하게 열어젖혔습니다. 그 뒤부터 학문이 나날이 발전하고 지식이 해마다 늘어나서 오늘날 문명의 기틀을 이루게 되었습니다.

서양식 학문의 주된 의도는 만물의 원리를 연구하고, 그 효용을 발명하여 우리 생활을 편리하게 돕는 데 있습니다. 여러 학자들이 밤낮 고심하는 것도, 사실은 세상 사람들이 이롭게 사용하고 그 삶을 넉넉하게 채우며 그 덕을 올바르게 하기 위해서이지요.

서양 군인 제도의 역사

옛날 유럽 여러 나라들의 임금과 신하, 귀족들은 어떤 방법으로 나라를 지켜 나갔을까요?

그들은 봉건 제도와 *세록 제도로써 신하를 양성하고, 각국의 임금들은 서로 공격하고, 나라 안 귀족들은 세력을 다투기에 바빴습니다. 한마디로 힘으로 모든 것을 해결했던 것이지요. 그들은 칼이나 창으로 적군을 대적하는 것을 숭상하며 학문이라곤 거들떠보지 않은 채로 살았습니다. 그들에게 있어 가장 중요한 것은 오로지 싸울 힘을 가진 '군인' 뿐이었으며 가진 무기라고는 창, 칼, 활, 화살 등과 같은 무겁고도 커다란 것뿐이었습니다.

그 후 1300년대에 총이 처음 나오자 서양의 군대는 한꺼번에 바뀌게 되었습니다. 결국 총의 힘에 쓰러지게 된 귀족들은 총을 소지하는 대신 '봉급을 주고 사람을 고용'하여 총 사용법을 가르치게 되었습니다. 이 일은 군사 제도에 일대의 변혁을 불러일으켰습니다.

그 변혁의 예를 하나 들자면 '상비군'을 두는 것입니다. 1450년 프랑스 임금 샤를 7세가 영국과의 싸움에서 크게 승리한 뒤 후환을 염려하여 준비하면서 시작되었지요.

또 하나는 '병사를 훈련시키는 것'입니다. 군사들의 기예를 더욱 정예롭게 만들기 위하여 새로운 병법을 연구하고, 평상시에도 전쟁하는 형상을 만들어 연습하는 것입니다. 훈련법을 처음 만들어 낸 사람은 1500년대 네덜란드 대통령이었던 '모리츠'입니다.

이 밖에도 프러시아(프로이센 왕국) 임금 '프리드리히'는 총기류의 발명과 사용법 개발에 온 힘을 쏟았습니다. 그런데 문제가 하나 생기고 말았습니다. 군사가 된 자들이 훈련만 익힐 뿐 군사의 행실을 배우지 않아서 충성심이 없고 임금을 위하여, 나라를 위하여 죽겠다는 정성이 없었던 것이지요.

그 문제를 해결한 사람이 바로 프랑스의 황제 '나폴레옹 1세'입니다. 나폴레옹은 군인을 한 인간으로 대우하고 진정으로 아꼈는데, 이로 말미암아 국민들의 충성심이 크게 일어났습니다. 나폴레옹이 유럽 여러 나라를 압도할 수 있었던 것도 다 이런 공덕에서 비롯된 결과였습니다.

유럽 종교의 발자취

　종교란 마음으로 따르고 숭상하는 하나의 가르침을 말합니다. 어느 나라든지 저마다 믿고 따르는 종교가 있기 마련입니다. 마치 우리나라가 공자나 맹자의 도를 따르는 것처럼 말이지요.

서양에서 가장 오래된 나라 그리스에는 어떤 종교가 있었을까요? 그 당시 그리스 사람들이 숭배하던 종교는 허황한 이야기와 괴이한 사적을 바탕으로 하여 열두 천신을 받드는 것이었습니다. 그 열두 천신을 소개하면 아래와 같습니다.

제우스 여러 천신 가운데 임금과 아버지의 자리를 차지한 신.

포세이돈 바다를 맡은 신.

아폴로 음악을 맡은 신.

아르테미스 달을 맡은 여신.

발칸(불카누스 또는 헤파이스토스를 말한다.) 불을 맡은 신.

헤르메스 장사꾼들을 보호하는 신.

아레스 전쟁을 맡은 신.

헤라 제우스의 아내, 불화의 여신.

아테네 사람의 지혜를 맡은 여신.

헤스티아 주방과 부엌을 맡은 여신.

데메테르 농사를 맡은 여신.

비너스(아프로디테) 아름다움을 맡은 여신.

그리스 인들은 이 열두 천신이 올림포스 산 위에 모여서 논다고

생각하여 고기와 술, 과일 등으로 제사를 지냈습니다. 시를 지어 그 덕을 칭송하고, 축문으로 소원을 빌면서 말입니다.

로마 시대에는 그 지방이 넓기 때문에 여러 국민들이 믿고 따르는 종교가 다양했습니다. 그러다가 아시아 주 유대 나라에 예수가 태어나면서 서양 여러 나라에 널리 전파되었고, 시간이 지날수록 예수의 가르침을 따르는 자가 많아졌습니다. 나라에서 예수교를 엄벌하라는 명령을 내렸지만, 오히려 예수교를 믿고 따르는 자들이 늘어나서 300년이라는 세월을 거치게 되자 그 형세는 막을 수 없는 지경에 이르렀습니다. 물론 서양에 예부터 있던 종교는 쇠퇴했지요.

결국 나라에서는 금지령을 완화하고 예수교 믿기를 허락하여 주었습니다. 이로 말미암아 예수교의 기세는 더욱 성해지고 옛 종교는 저절로 없어지게 되었습니다.

그때 로마 가톨릭에서는 여러 *교정들이 로마에 자리를 잡고 교황을 세워 권세를 높이기 시작했는데, 그 누구도 거역하는 자가 없을 정도였습니다.

이 무렵, 교황의 권세를 못마땅하게 여긴 사람이 바로 '루터'였습니다. 루터는 교황의 죄악을 문장으로 나열하여 천하의 여론을 불러일으켰습니다.

　루터와 같이 교황의 처사를 반대하고 대항하는 무리를 이름하여 '항거당(抗拒黨)'이라고 부르게 되었는데, 대표적인 사람이 프랑스 사람 '칼뱅'이었습니다. 그는 루터 못지않게 교황을 미워한 사람 중 하나였습니다.

　스페인이라는 나라엔 특히 교황에게 복종하는 당이 강성하였는데, 영국의 항거당을 전멸시키려다가 오히려 싸움에서 지고 말았습니다. 서양 사람들은 복종당의 종교를 가리켜 구교(舊敎)라고 부르고, 항거당의 종교를 가리켜 신교(新敎)라고 부르게 되었습니다.

아무튼 이 일로 두 당의 분쟁이 마무리되었는데, 항거당에서 나누어진 청정당 사람들이 영국 정부의 금제법(어떤 행위를 하지 못하게 제한하는 법)을 이기지 못해 아메리카 주로 이주하였습니다. 이들이 세운 나라가 바로 오늘날 미국입니다.

이렇게 천 년 동안에 걸친 종교에 대한 시비는 아직도 끝나지 않았습니다. 아마도 이 문제는 천지가 개벽을 해도 결론을 내릴 수 없을 것 같습니다. 사람마다 마음 내키는 대로 믿고 싶은 종교를 믿고, 반대하는 종교는 반대하도록 하여 구속하지 않는 것이 제일 현명한 일일 것 같습니다.

학문의 갈래

사람이 배우지 않으면 사람으로서 사람다운 직업과 직책을 다할 수 없습니다. 한 집안의 흥망성쇠도, 한 나라의 부강과 빈약도 그 국민들이 학문을 많이 하였는가 아닌가에 달려 있지요. 서양 사람들은 열성을 가지고 진실된 마음으로 공부하여 한 분야에서 최고가 되려고 노력합니다.

이제부터 서양 사람들이 어떤 공부를 하는지 알아보겠습니다.

농학　농사짓는 이치를 깊이 연구하는 학문.

의학　의술을 배우고 약을 만드는 학문.

산학(算學)　인간에 관계되는 모든 사물들을 계산하는 학문.

정치학　세금을 거둬들이는 법규 재정을 마련하는 방법, 예산을
　　　　사용하는 방법 등을 연구하는 학문.

법률학　나라 안에서 시행되고 있는 법률을 배우는 학문.

철학　사람의 언행과 윤리에 대해서 논하는 학문.

광물학　각종 광물의 질과 용도에 대해서 배우는 학문.

식물학　각종 초목을 배우는 학문.

동물학　각종 생물 가운데 스스로 움직이는 것들을 배우는 학문.

천문학　해나 달의 궤도, 별자리의 움직임을 연구하는 학문.

인체학　인종이 합성된 현상과 근본이 되는 바탕을 배우는 학문.

이 밖에도 고고학, 기계학, 종교학, 물리학, 군사학 등을 다양하
게 공부합니다.

사람이 제아무리 잘나도 혼자서는 살 수 없는 것처럼 학자들도
여러 가지 학문을 익혀서 여러 사람들에게 그 효용을 드러내야 하
며, 정보를 주고받고 서로 도와서 한 단계 더 발전시켜야 합니다.

학문에 실용성이 없으면 공부할 필요가 없습니다. 나라의 커다란 근본은 실용성에 있고, 국민의 가장 커다란 근본은 공부하는 습성에 있다는 것을 잊지 말아야 할 것입니다.

제14편

상인이 지켜야 할 도리

상업도 나라의 커다란 근본입니다. 이제는 상업에 대해서 듣고 보고 조사한 것을 들려 드릴 차례입니다.

사람이 살려면 필요한 것이 수천 수만 가지가 넘습니다. 그런데 한자리에 가만히 앉아서 필요한 물품을 구하기는 어려운 일입니다. 각 지방마다 생산되는 물품이 다르기 때문이지요. 이때 우리는 '상인'을 간절히 필요로 하게 됩니다.

만약 상인이 없다고 생각해 보세요. 만든 물건이 산처럼 쌓여 있어도 쓸 곳이 없다면 얼마나 암담한 노릇일까요? 그러므로 장사하는 사람은 물건을 만드는 자와 물건이 필요한 자 사이에 있으면서 중매쟁이와 같은 역할을 하는 셈이지요. 이런 경우로 미루어 본다면 상업은 나라의 커다란 정치이기도 합니다.

상인이 장사를 할 때는 바르고 옳은 길을 걸어야 하며, 약속을 무엇보다 잘 지켜야 할 것입니다. 또 조약을 정하여 서로 지키도록 약속하고, 세금 문제도 분명하게 체결하여 지키도록 해야 합니다. 상인의 직분은 인생의 편리한 방법을 연구하고 계발하는 것과, 나라가 부강해질 수 있도록 책임을 다하는 것입니다.

바른길을 걷는 상인이 되려면 공부해야 할 것도 많습니다. 상인은 물자를 거래하고 재물을 주고받을 때 조리 있게 장부를 작성해야 합니다. 약속을 정하고 자본을 합하여 확실하게 회사를 만들어야 합니다. 또 본국과 타국의 화폐를 서로 비교하여 시세가 싼지 비싼지를 잘 알아야 합니다. 이런 공부를 하지 않고는 결코 성공하기를 바랄 수 없습니다.

서양에서는 정부로부터 그 직분을 보호받고, 학교를 세워 상인이 된 자가 알아야 할 것을 공부합니다. 또한 법률을 마련하여 견제할 것은 견제하므로 감히 그 규칙을 범하는 자가 없습니다.

또 육지에는 화륜차가 있고, 수로에는 화륜선이 있어 운송하기에 더없이 편리합니다. 긴급한 일이 생기면 전화나 우체국을 이용해서 서로 연락을 주고받습니다. 한마디로 난처한 일이나 불편한 일이라고는 조금도 없이 상업을 하는 것이지요.

상업이 번성한 여러 나라들의 수입과 수출 금액

(우리나라 돈으로 환산한 값)

나라	수입	수출
영국	321억 5,553만 200냥	176억 6,753만 6,000냥
프랑스	205억 6,996만 8,000냥	150억 4,430만 냥
독일	164억 5,438만 2,500냥	166억 7,548만 7,300냥
이탈리아	53억 5,173만 4,800냥	47억 6,473만 2,300냥
미국	148억 1,028만 2,180냥	134억 5,395만 3,860냥

상업이 가장 번성한 여러 나라의 상선 수

영국 2만 2,500척

독일 3,000척

프랑스 2,900척

노르웨이 4,200척

미국 2,000척이 넘지만, 상세한 기록은 잃어버렸음.

이 기록으로 살펴보면 영국의 상업이 세계에서 가장 번성하다는 걸 알 수 있습니다. 또 상선 수를 볼 때 영국의 상선이 가장 많다는 것을 알 수 있습니다. 영국 사람들이 스스로 '천하의 상권을 총괄하는 해상 천자'라고 자랑할 만도 하지요.

개화의 등급

'개화'라는 말은 우리 주변의 모든 사물들이 낡은 문화의 옷을
벗고 새로운 시대를 맞이하는 것을 말합니다.

한 나라의 개화는 국민들이 살아가는 모습을 보면 알 수 있습니
다. 사람들이 재주와 능력을 얼마만큼 갖추었느냐, 국민들이 살아
가는 생활 양식이 어떤가, 나라의 규모가 어느 정도인가를 보면 알
수 있습니다.

그러나 이러한 것들은 모두 생활의 수준을 말하는 것일 뿐, 정말
중요한 것은 그 나라에 사는 사람의 생각이 눈을 떴는가 그렇지 못
한가에 있습니다. 사람이 그 행실을 바르게 하고 도리를 다한다면
이는 '행실이 개화된 것'이며, 국민들이 학문을 연구하여 만물의
이치를 밝힌다면 이는 '학문이 개화된 것'입니다. 나라의 정치를
바르고도 크게 펼쳐 국민들에게 태평한 즐거움을 준다면 이는 '정
치가 개화된 것'입니다.

그러나 이 개화라는 것이 완벽하게 이루어진 나라는 드물지요.
역사를 들여다봐도 그렇고, 현재의 모습을 봐도 그렇습니다. 다만

대강 그 등급을 개화한 나라, 반쯤 개화한 나라, 아직 개화하지 않은 나라로 나눌 수 있습니다. 이 세 가지의 구별을 개화한 자, 반쯤 개화한 자, 아직 개화하지 않은 자로 바꾸어 설명해 보겠습니다.

개화한 자는 기상이 웅장하여 게으름이 없고, 사람을 접대할 때에도 말을 공손히 하고 몸가짐을 단정히 합니다. 어렵게 사는 사람을 불쌍하게 여길 줄 알고 여러 가지 개화에 함께 힘씁니다.

반쯤 개화한 자는 이렇습니다. 그들은 사물을 연구하지 않고 경영하지도 않습니다. 구차한 계획과 순간순간의 어려움에서 벗어나려고만 할 뿐, 장기적인 대책이 없는 사람들입니다. 저마다 자신의 부귀영화와 욕심을 채우기 위해 애쓸 뿐이지, 개화를 위해서는 전혀 마음을 쓰지 않는 자들입니다.

아직 개화하지 않은 자는 야만스러운 종족들을 말합니다. 만 가지 사물에 규모와 제도가 없고, 애당초 경영하지도 않습니다. 또 사람을 접대할 때도 기강과 예법이라곤 찾아볼 수 없는 자들이지요.

개화하기 위하여 외국이 가진 재주와 실력을 가지려고 할 때에는 무작정 외국의 기계 따위를 사들이거나 기술자를 고용하지 말고, 반드시 자기 나라 국민으로 하여금 그 재주를 배우도록 하고 그 일에 종사할 수 있는 여건을 만들어야 합니다.

재물은 다 쓰고 나면 바닥이 나고 말지만 국민이 그 재주를 익힌

다면 당장 이로울 뿐만 아니라, 나아가 그 기술을 국내에 전파하여
그 효험이 후세에까지 미치기 때문입니다. 이것이 개화의 가장 바
람직한 태도입니다.

제15편

결혼의 절차

서양의 풍속을 보면, 남자 나이 스무 살이 넘으면 부모가 성인이라고 인정을 해 줍니다. 성인이 되는 동시에 모든 것을 스스로 판단할 수 있는 자주적인 권리도 주어지지요.

성인이 된 남자와 여자가 마음에 드는 상대를 만나서 부부가 되는 것을 결혼이라고 합니다. 지금부터 인생에 있어 무엇보다 중대한 결혼에 이르기까지의 과정을 알아보고자 합니다.

먼저 청혼하는 방법인데, 대략 다섯 가지 방법이 있습니다.

첫째, 남자가 마음속으로 좋아하는 여자가 생기면 그 여자의 부모에게 편지로 구혼하든지, 말로써 청혼하든지, 형편상 편리한 대로 하는 방법입니다.

둘째, 남자가 여자에게 편지로 또는 말로 청혼을 하는 방법입니다.

셋째, 남자가 마음에 드는 여자의 친구 되는 여자를 찾아가 심정

을 전해 달라고 부탁하거나, 소개장을 얻어 그 여자를 직접 찾아가는 방법입니다.

넷째, 신문 지상에 광고를 내어 결혼할 상대를 찾는 방법입니다.

다섯째, 마음에 드는 여자가 있으면 신문에 광고를 실어 그 여자의 이름과 나이, 주소를 묻는 방법입니다.

위와 같은 방법으로 남자가 청혼을 하여 여자가 허락을 한다면, 마침내 결혼을 하게 되지요.

이제 결혼의 절차가 남았네요.

결혼식을 올리는 날짜와 장소는 대개 여자가 편리한 대로 정합니다. 남자는 예식을 올릴 지방의 법관에게 결혼을 허락하는 법문을 얻어야 하는데, 법문을 내어 주기 전에 법관은 반드시 그 남자와 여자의 부모에게 허락을 청해야 합니다. 결혼식을 올리는 장소는 일정하지 않습니다. 법관의 사무실이나 지방 관청, 예배당 등에서 예식을 올리는데, 방법이야 어떻든 간에 예식을 올리는 자리에는 증인이 반드시 있어야 합니다.

신랑과 신부가 좋은 날을 잡아 예식을 올리는 자리에 나가면, 주례를 맡은 사람이 신랑과 신부에게 차례대로 질문을 합니다.

"그대는 장차 이 여자를(남자를) 아내로(남편으로) 맞아 언제까지나 사랑하겠는가?"

주례자의 물음에 신랑 신부가 대답을 하면 결혼식은 마무리되고 주례자로부터 결혼 증서를 받습니다.

결혼식을 올리는 과정도 알아보겠습니다.

먼저 초대장을 보내는 일입니다. 예식을 올릴 남자와 여자가 친척과 친구들에게 한 장씩 보내서 와 주기를 청하는 것이지요. 결혼식을 올리는 신랑은 검은색 연미복을 입으며, 신부는 긴 치마(웨딩드레스)와 두건(베일)을 머리에 씁니다.

124

위와 같은 절차들은 개인의 차이에 따라 생략하거나 간소화하기도 합니다만, 쓰지 않으면 안 되는 잡비가 있습니다. 바로 결혼식을 허락하는 법문에 드는 세금과 주례자에게 주는 소정의 사례금이지요. 이외에도 언제 어디서 누구누구가 예식을 올렸다는 내용을 신문에 광고하여 알리는 경우도 있습니다.

이와 같이 복잡하고도 중요한 절차를 밟아 결혼한 부부가 화목하게 백년해로하면 더없이 다행이지만, 살다 보면 마음이 변하여 서로 뜻이 맞지 않는 일이 생기기도 합니다. 이럴 경우에도 역시 법관에게 고하여 이혼하게 해 달라고 청합니다.

또 남녀 사이에 불행하게도 먼저 세상을 떠나는 자가 생기면 재혼하기를 허락하는데, 지난날 있었던 일을 결혼의 걸림돌로 생각하거나 큰 부끄러움으로 여기지는 않습니다.

결혼 주기마다 다른 이름들

- 1주년 서(絮)혼식
- 2주년 지(紙)혼식
- 10주년 연(鉛)혼식
- 12주년 금(錦)혼식
- 20주년 사기(沙器)혼식
- 25주년 은혼식
- 50주년 금혼식
- 60주년 금강석혼식

결혼 주기가 돌아오면 그날을 축하하기 위해 친척과 친구들을 불러 모아 조촐한 파티를 열기도 합니다. 또 주기마다 주고받는 선물이 조금씩 달라지기도 합니다. 예를 들어, 1주년이 되면 솜으로 만든 물건을 선물하고, 2주년이 되면 종이로 만든 것을 선물하는 식입니다.

장례를 치르는 예절

죽은 자를 매장하는 일은 산 사람이 죽은 사람을 위해 마지막 예의를 다하는 것입니다. 그런데 간혹 보면 죽은 자의 장사를 가지고 산 자의 길흉과 화복을 구하거나 피하는 사람이 있는데, 이는 어리석은 생각이지요.

지금부터는 다른 나라의 장례 풍속을 살펴보면서 우리나라의 장례 문화에 대해서 생각해 보겠습니다.

먼저 시신을 매장하는 방법입니다.

일본 사람들은 죽은 자의 몸을 나무통 안에 앉혀서 묻고, 아메리카 적색인들은 죽은 자의 몸을 나무 끝에 매달거나 이불에 싸서 땅속에 묻기도 합니다. 또 각 지방의 야만인들은 죽은 자의 살과 뼈를 가루로 만들어 물 속에 뿌림으로써 물고기 밥이 되게 하기도 하였

습니다. 무척 다양하고 특이한 방법들이지만, 그 나라마다 나름대로의 이유와 의미가 있으리라 생각됩니다.

또 묏자리를 고를 때는 풍수설의 허황된 이치를 믿지 않습니다. 그저 정부가 정해 준 곳을 매장지르 삼으며, 누구든지 가리지 않고 그 안에서 장사를 지내게 해 줍니다. 이때 반드시 관청에 세금을 내고 허락을 얻어야 하며, 남의 땅을 억지로 빼앗는 일도 없었습니다. 정부는 많은 사람들의 묏자리를 지키기 의하여 규모를 정하고 제도를 마련하였으며, 묘지기를 두어 지키게 했습니다. 또한 비석을 세우고 묏자리를 나무와 꽃으로 장식하여 죽은 자들의 영혼을 위로합니다.

그럼, 서양 사람들이 죽은 사람을 장사 지내는 예절을 자세히 알아보겠습니다.

병석에 누워 있다가 혹은 갑자기 사고로 인해 사람이 죽게 되면, 대문 위에 검은 천 한 조각을 내걸어서 그 집에 누가 죽었다는 사실을 표시합니다. 그리고 곧바로 죽은 자의 이름과 나이를 관청에 보고하고 친척들과 친구들에게 부고를 냅니다.

염하는 방법은 검은 옷 한 벌을 입히는 것으로 대신하고, 얼굴을 싸서 덮지도 않습니다. 관은 우리나라의 제도와 비슷하지만 쇠로 만든 *돌쩌귀로 뚜껑을 열고 닫습니다.

유족들이 입는 상복을 보면, 여자는 검은 천 몇 자를 모자 꼭대기에 달아 두건같이 등 뒤로 드리우고, 남자는 폭이 몇 치 되는 검은 천을 모자에 둘러 꿰맬 뿐입니다. 또 옷과 장신구에 붙은 화려한 장식은 모두 떼내어 조의를 표합니다.

발인하는 모습은 이렇습니다.

예수교를 믿던 자는 예수교식의 장례를 치르고, 그렇지 않은 자들은 자기 집에서 보통 삼일장, 오일장, 구일장으로 장례를 치르고 장지(시신을 묻는 땅)로 떠납니다.

상여는 검은 천으로 꾸며서 사람이 메지 않고 마차로 실어 나릅니다. 장례식에 참석하는 친구와 상복을 입는 친척들은 각기 말이

나 차를 타고 상여 뒤를 따라갑니다. 유명한 자의 상여는 정부의 명령으로 군사들이 호위하여 가기도 하지요.

　이것으로 죽은 자를 보내는 마지막 예가 끝납니다.

친구를 사귀는 법

어떤 사람이든지 친구 한두 명쯤 가지고 있지요. 가족처럼 피를 나눈 사이는 아니지만, 마음을 터놓고 돕고 도움을 받으며 인생을 아름답게 장식해 주는 존재가 바로 친구입니다.

서양에서는 친구를 사귀는 데 있어서 신의를 가장 중요한 덕목으로 삼습니다. 서양에서 가장 커다란 욕과 부끄러움은 '거짓말쟁이' 라고 하는데, 이 말은 사람과 사람 사이의 믿음과 신용이 얼마나 중요한지 잘 말해 줍니다. 이런 친구 사이에도 지켜야 할 예절이라는 게 있습니다. 우리는 가까운 사이에 굳이 예절을 지킬 필요가 있을까 하고 쉽게 생각하겠지만, 그것은 큰 오산입니다.

몸가짐이나 마음가짐이 확실하지만 가난해서 뜻을 펼치지 못하는 친구, 상업을 경영하기를 원하지만 자본이 없어서 망설이고 있는 친구, 공부를 하고 싶어도 학비가 없는 친구가 있을 때 망설이지 않고 돕는 것이 바로 친구입니다.

그들은 친구가 어려움을 당하고 분노하는 것을 보면 함께 성을 내고, 친구가 성공을 거두면 함께 기뻐합니다. 또 친구가 실패한 일이 생기면 염려하고 다시 일으켜 세우고 싶어합니다. 남의 즐거움을 자기의 즐거움으로 삼고, 남의 걱정을 자기의 걱정으로 여기는 것은 의협심을 가진 친구의 모습이기 때문입니다.

여자를 대접하는 예절

서양에서는 여성의 교육에 대해서 특히 신경을 많이 씁니다. 그 이유는 어린이 교육은 어머니가 도맡아 하는데, 만약 어머니가 지식이 없으면 교육하는 방법을 알지 못하여 아이의 성질을 거스르게 될 수 있기 때문이지요.

우리가 흔히 생각하는 옷이나 술, 음식 따위를 만드는 것은 여자들이 받는 교육 가운데 지극히 작은 부분일 뿐, 여러 방면에 지식을 갖추고 음악이나 산수에 능통한 여자들이 많아서 어린이 학교에서

는 남자 교사보다 여자 교사를 더 좋아할 정도라고 합니다.

이렇게 중요한 책임을 지닌 여자들은 남자들에게 받는 예절도 극진합니다. 이제부터는 그 모습을 알아보겠습니다.

어떠한 연회든지 여자가 참석하지 않는 자리는 없을 정도로 여자들을 존중합니다. 여자가 도착하면 남자가 몸을 일으켜 경의를 표하고, 음식이 나오면 여자에게 먼저 권하고, 허락 없이는 여자 앞에서 담배를 피우지 않습니다. 만약 이러한 예절을 지키지 않으면 무례하고 천박한 남자라는 질책을 피할 수 없습니다.

또 서양에서는 제왕처럼 귀하고 제후처럼 부유해져도 첩을 두는 풍속이 없고, 일부일처제가 임금에서부터 서민에 이르기까지 두루 통합니다.

이처럼 서양에서는 남자들이 여자를 접대하는 도리를 극진히 하므로, 여자들 또한 남자를 접대하기에 최선을 다합니다.

제16편

서양의 옷 · 음식 · 집

사람들이 자신의 뜻을 펼치고 규칙을 마련하는 것은 지방과 물산에 따라서 달라지기 마련입니다. 기후도 다르고 음식도 다르고 생각하는 가치 기준도 다르기 때문이지요.

흑도와 적도, 황도에 따라 어떤 현격한 차이를 보이는지 알아보겠습니다.

흑도 지방은 일 년 내내 우리나라 겨울처럼 춥습니다. 그래서 풀이나 나무를 보기 어렵고 새나 짐승도 보기 드물지요. 여기 사는 사람들은 일상 생활품을 마련하기도 바빠서, 다른 일은 생각도 하지 못하는 형편입니다. 기후나 주변 환경 때문에 안락한 생활을 기대하기는 어려운 곳입니다.

적도 지방은 어떨까요? 이곳은 무척 덥습니다. 주변에는 온갖 풀과 나무가 무성하고, 사람들은 힘들이지 않고도 풍족한 생활을 할 수 있습니다. 또 추위를 모르기 때문에 옷과 집에 신경을 쓰지 않아도 되지만 자칫하면 사람들이 게을러지기 쉬운 곳입니다.

황도 지방은 적도, 흑도와 달리 기후가 적당하고 쾌적합니다. 만물의 종류가 다 갖추어져 있어서 사람이 살기에 가장 알맞은 곳이지요. 그러나 사람의 재주와 노력이 없으면 편하게 살 수 없기 때문에 경험을 쌓고 공부하지 않으면 안 되는 곳입니다. 우리나라와 중국, 일본, 그리고 유럽의 여러 나라와 북아메리카 주의 미국과 남아메리카 주의 몇몇 나라들이 황도에 속해 있습니다.

서양 사람들의 옷

자, 지금부터는 이야기의 방향을 바꾸어 서양 사람들의 의 · 식 · 주에 대해서 알아볼까 합니다.

먼저 서양 사람들의 옷입니다.

의관 제도는 수없이 변천을 거듭해 왔습니다. 천 년 전의 로마 시대 상황을 살펴보면 그들의 의관은 아주 불편했다고 합니다. 옷의 모양새가 한결 가벼워진 것은 몇 번 전쟁을 겪고 큰 공사를 하면서부터였습니다. 큰 변화라기보다는 약간 간소화된 정도였지요. 세월이 흐르면서 사람들의 취향도 각기 달라져 조금씩 다양한 형태로 변모하다가, 백 년 전에 비로소 지금의 모습을 갖추게 되었다고 합니다.

이제부터 평범한 서양 남자의 옷에 대해서 알아보겠습니다.

속홑적삼과 속홑바지 무명이나 양털로 짜서 몸에 맞게 만들었다.

홑적삼(와이셔츠) 속홑적삼 위에 입는다.

단추 홑적삼의 목과 팔 주변이 합쳐지는 곳. 가슴 한복판에 단다.

목도리(넥타이) 홑적삼의 목 둘레 위에 두른다.

등거리(조끼) 홑적삼 위에 입는다.

저고리 등거리(조끼) 위에 입는 옷.

바지 허리띠 대신 멜빵을 조끼 밑으로 해서 어깨에 메어 입는다.

양말 무명실이나 양털로 짠 것으로 맨발에 신는다.

모자 겨울에는 따뜻하게, 여름에는 더위를 막기 위해 쓴다.

신 사람의 발 모양을 본떠서 뒤가 높고 앞이 낮게 만든다.

두루마기(코트) 맨 마지막에 입는 옷. 여름용은 비가 올 때 주로
              입는다.

이제는 여자의 의관에 대해서 설명해 보겠습니다.

여자의 치마는 품과 길이를 몸에 알맞게 맞추고, 허리 부분은 주름을 잡지 않았습니다. 또 남자의 바지처럼 멜빵으로 조절하고, 저고리 밑으로 해서 어깨에 메도록 되어 있지요.

저고리는 그 길이가 가슴 복판을 덮을 정도이며, 밀짚으로 만든 모자에는 알록달록 새의 깃털을 꽂아 장식도 합니다. 이 밖에 귀고

리, 가락지, 팔찌, 시계, 저고리 단추 등의 패물로 자신의 모습을 뽐내기도 하지요.

독특한 점은, 혈액 순환을 방해할까 싶어 동여매는 식의 옷은 만들지 않는다는 것입니다. 또 머리를 극진히 보호하고, 꽉 얽어매는 것은 위생에 해롭다고 기피하지요. 외출할 때에는 남녀노소 할 것 없이 반드시 모자를 써서 머리를 보호하는 것도 특이합니다.

서양의 음식

서양 사람들의 옷을 보았으니 이번에는 음식 문화에 대해서 알아볼까 합니다. 그러기 위해서는 음식을 만드는 부엌을 먼저 살펴봐야겠지요.

서양 사람들은 요리를 하기 전에 먼저 재료가 믿을 만한 것인지, 신선한 것인지, 성분이 정확하게 밝혀진 것인지부터 살펴봅니다. 물은 오염되었을 것을 염려하여 꼭 걸러서 마시고요. 소고기는 반쯤 익혀 먹고, 감자와 함께 먹으면 독을 중화시킨다고 해서 꼭 그렇게 합니다.

서양 사람들이 음식을 먹을 때 쓰는 도구

숟가락 수프나 차, 커피와 같이 물기 있는 것들을 먹을 때 쓴다.

칼 과일이나 생선 또는 고기를 먹을 때 쓴다. 고기를 먹을 때는 강철로 된 것, 과일을 먹을 때는 은으로 된 것을 사용한다.

포크 상아나 뿔 또는 나무로 만들어졌다. 먹을 음식을 찍어서 입에 넣는 데 사용한다.

분쇄기 호두 종류처럼 단단한 껍질이 있는 열매를 까는 것.

냅킨 옷깃 앞자락에 둘러서 입이나 손을 씻는 수건.

접시 대, 중, 소 여러 가지의 사기그릇. 한 가지 음식마다 한 개

　　　씩 바꿔서 쓴다.

잔　차나 커피 따위를 마시는 것.

유리잔　술이나 물을 마시는 것.

음식 그릇　여러 가지 음식을 담아서 내오는 것인데, 그 모습이
　　　　　　네모나거나 둥글며 사기그릇도 있고 은그릇도 있다.

양념대　여러 가지 양념 그릇을 차려 두는 곳.

물그릇　식사가 끝난 뒤에 내오는 그릇.

음식에는 그 종류가 아주 많습니다. 요리하는 법까지는 자세히 모르지만 아는 것은 빼지 않고 적어 보겠습니다.

빵과 우유, 유제품과 소고기, 생선 등의 종류가 있습니다. 싱싱한 과일과 채소도 여러 종류가 있고, 주스나 커피 같은 식품도 있지요. 이것들 중 빵, 버터, 생선, 고기류는 주식이며 차와 커피는 우리나라에서 숭늉 마시듯 즐겨 마십니다. 식사를 마친 뒤에는 후식으로 싱싱한 과일이나 마른 과일을 챙겨 먹지요.

식사할 때는 커다란 식탁에 의자를 둘러놓고 부모님과 형제자매가 나란히 앉아서 오순도순 정답게 이야기를 나누며 음식을 먹는데, 그 모습이 무척 평화롭습니다.

서양의 집

서양 사람들의 집 안은 무척 편리한 구조를 띠고 있습니다. 그러면서도 견고하고 화려하지요. 이제 서양인들이 거처하는 집에 대해 잠시 알려 드리겠습니다.

벽은 벽돌 종류로 만들었고, 판자로 만들 때는 페인트를 칠해서 썩지 않도록 합니다. 벽에는 진흙을 잘 쓰지 않고, 창문은 영롱한 유리로 꾸미기를 좋아합니다.

방바닥은 우리나라처럼 온돌을 깔지 않고 다양한 무늬가 있는 나

무를 깝니다. 겨울철에는 철제 난로 또는 벽난로에다 석탄이나 장
작을 때서 방 안을 데우고, 여름철어는 냉기를 얻기 위한 장치를 마
련하기도 합니다.

　이 밖에도 집을 장식하기 위해 집 안 곳곳에 그림을 걸어 두기도
하고, 외국의 진기한 물건을 놓아두기도 합니다.

집을 배치한 구조 설명하기

지하실　집 지을 자리를 정한 뒤에 그 집의 칸수만큼 바닥을 파서
　　　　　안에 땔나무, 석탄 등을 저장하는 곳.

주방　음식을 요리하는 곳.

욕실　목욕하는 곳.

측간　대소변을 보는 곳. 대소변을 본 후에는 물로 씻어 내린다.

객실　친구를 접대하고 친척들과 이야기하는 곳.

서재　공부하고 글을 쓰는 곳.

침실　누워서 자는 곳. 침실에는 사철 쓰는 평상 위에 짚이나 털
　　　　로 된 요를 깔고 껍질을 씌웠다.

벽장　식당에 있는 것은 그릇을, 주방에 있는 것은 식품을, 침실
　　　　에 있는 것은 옷을 넣어 두는 곳이다.

서양인들의 집은 대략 이런 구조를 띠고 있는데, 부유한 사람들은 겨울용 집과 여름용 집 두 채를 마련해 두고 생활의 여유를 즐기기도 한답니다.

농작과 목축을 하는 모습

농작

농작은 사람이 생활하는 데 커다란 바탕이 됩니다. 세계를 둘러보면, 여러 다양한 인종들이 사는 곳의 기후에 맞는 농사법을 개발하여 슬기롭게 심고 거두고 있다는 것을 알게 됩니다. 물론 목축도 마찬가지지요.

수확량은 부지런한지 게으른지, 또 서툰지 능숙한지에 따라 조금씩 달라지겠죠? 또 어떤 방법으로 짓느냐, 어떤 기구를 사용하느냐에 따라 달라지기도 하고요.

그렇다면 농부에게 이 같은 농사 기술을 가르쳐 주는 사람은 누구일까요? 바로 선비입니다. 선비들은 농작이 더 잘 되기 위한 방법을 연구하고 농부는 부지런히 몸을 놀려 수확량을 늘리지요. 이것이 선비와 농부의 바람직한 관계입니다.

이제 서양인들이 농사짓는 모습을 볼까요?

그들은 한꺼번에 많은 농사를 짓지만 크게 힘들여 짓는 일이 없습니다. 거의 기계의 힘으로 농사를 지으니까요. 밭 갈고 씨 뿌리고 곡식을 베고 타작하는 일까지 모두 기계가 다 해 주고 있습니다. 기계는 증기를 사용하는 것도 있고 말의 힘을 빌리는 것도 있는데, 아주 쉽고 편리하지요.

주로 심는 곡식

목화와 사탕수수 더운 지방에서 많이 심는다.

채소류 배추, 파, 호박, 오이, 상추, 수박 등.

과일류 포도, 복숭아, 자두, 버찌, 배, 올리브, 석류, 무화과 등.

이러한 곡식들을 심는 법이나 비료를 섞어 주는 정도, 병충해를 줄이는 방법 등은 모두 학자들이 깊이 연구한 이치를 따릅니다. 그래서 모두 품질이 우수하고, 수확량이 보통 농작물보다 월등히 많지요.

산에 나무를 가꾸는 일도 농사를 짓는 일만큼 땀과 정성을 기울입니다. 서양에서는 국민들이 나무를 함부로 베는 것을 막기 위해서 '산림법'을 마련하여 선포하였습니다. 어린 나무는 절대로 베지 못하게 하고, 큰 나무를 벨 때에는 그 곁에다 반드시 작은 나무 한 그루를 옮겨 심도록 하여 산이 벌거벗은 모습을 보이지 않게 합니다.

목축

다음으로 서양인들이 목축하는 모습을 살펴보겠습니다.

서양에서는 주로 소, 양, 말, 돼지, 닭, 오리, 타조, 거위 등을 기릅니다. 양과 말은 밖으로 못 나가도록 목장을 따로 두어서 기르고 있습니다.

양은 사람들이 먹는 음식으로 제공되는데, 털은 봄과 가을에 깎아서 사람의 옷을 만들지요. 돼지는 우리 안에 넣어 두고 밖으로 내보내지 않았고, 닭은 우리 둘레를 철망으로 에워싸서 밖으로 달아나지 못하게 합니다.

가축들은 모두 계절에 맞게 사육하고 저마다의 성격에 맞게 해 주며, 씨를 받을 때에는 훌륭한 놈을 고르고 전염병이 든 가축은 죽여서 전염되지 않도록 예방합니다. 이러한 이치들은 모두 학자들의 연구에 의한 것입니다.

놀고 즐기는 모습

땀 흘려 농작을 하고 목축을 하였으니 한가하게 쉬어야겠지요. 무조건 일만 한다는 것은 그다지 효율적이지 못한 일이니까요. 부지런히 일하는 것이나 한가하게 쉬는 것이나 각각의 의미가 있답니다.

서양 사람들의 크고 작은 모임

다회(茶會)　밤에만 열린다. 낮에 열심히 일하고 저녁이 되면 경치가 좋은 곳에 모여 유희를 즐기는 것.

무도회　이 모임은 젊은 남녀들이 여는 것. 남자는 연미복, 여자는 이브닝드레스 차림으로 흥겹게 춤춘다.

음악회　서양에서 가장 성행하는 모임. 노래를 감상하기도 하고 부르기도 한다.

야유회(피크닉)　주로 여름철에 열린다. 각자 먹을 만큼의 음식을 가지고 와서 아름다운 경치를 음미하고, 술을 마시고, 시를 지으며 분위기를 마음껏 즐긴다.

눈 오는 밤의 놀이　눈 오는 밤에 고즈넉한 밤 풍경을 즐기는 것.

일기회(一器會)　날씨가 좋거나 흥이 날 때 한 그릇씩 음식을 해 가지고 바닷가나 숲 속 그윽한 곳을 찾아간다.

유치회(幼稚會)　부잣집 부인들이 옷을 만들어 가난한 어린아이

들에게 나눠 주는 모임. 부잣집 자녀와 가난한 집 자녀를 공평하게 대우해 주는 것에 큰 의미가 있다.

마희(馬戲) 말 주인이 지방마다 다니면서 말의 묘기를 보여 주는 것.

연극 무대를 마련하여 상업, 복수, 남녀의 사랑 등의 이야기를 연극으로 만들어 보여 주는 것.

야희(서커스) 해괴한 거동과 음란한 말투로 세상 사람들에게 재미를 주는 것.

서양인들은 이처럼 건전하면서도 다양한 놀이를 많이 즐기고 있습니다. 열심히 일한 만큼 신 나고 흥겹고 소중한 시간이 되겠죠?

제17편

빈민 수용소

세상에는 부유하고 건강한 사람만 사는 게 아니랍니다. 가난하고 병든 사람, 불행한 사람이 우리 주변에 얼마든지 있을 수 있지요.

서양에는 그런 사람들을 보호해 주고 돌봐 주는 제도가 무척 잘 되어 있는데 이런 곳을 '빈민 수용소' 라고 통틀어 말합니다. 빈민 수용소에서는 소외받고 힘들게 사는 사람들을 도와줘 그들이 희망과 즐거움을 가질 수 있게 해 줍니다.

양로원 의탁할 곳이 없는 가난한 노인들에게 옷과 거처를 마련해 주어서 세상을 마칠 때까지 부양해 주는 곳.

유아원 몸이 불구이거나 골격이 허약하여 제대로 성장할 길이 없는 어린아이들을 부양하는 곳.

고아원 부양해 줄 부모나 친척이 없는 어린아이들을 부양해 주는 곳.

148

기아원(棄兒院)   버림받은 아이들을 부양하는 곳.

병원

병원은 아픈 사람을 치료해 주고, 가난하여 약을 구하지 못하는 자들을 도와주기 위해 만든 곳입니다. 전문 의술을 가진 의사가 진료를 하고 간호사는 환자를 돕습니다. 보통 남자 환자는 남자 간호사가 간호하고, 여자 환자는 여자 간호사가 간호하는 식이지요.

이런 병원들은 한곳에 몰려 있지 않고 각 부로 흩어져 있습니다. 궁궐 근처 한 관청에서는 모든 병원의 규칙과 사무를 총괄하고요. 만약 병에 걸려 입원하려면 먼저 관청의 허락을 받아야 합니다. 사실상 국립 병원이라고 할지라도 정부에서 병원의 경비를 내는 경우는 없고, 처음 설립할 때에는 시민들에게 명령하여 집집마다 빈부에 따라 내게 합니다.

정신 박약아 학교

치아원(痴兒院)이라고도 하는 이곳은 정신 박약아를 가르치는 학교입니다. 정신 박약아는 타고난 이해성이 부족해서 가르치는 방법이 여느 학교와 다릅니다.

　말을 가르칠 때는 글자 대신 그림을 사용하고, 수학을 가르칠 때는 구슬이나 나무토막을 이용해서 어렵지 않으면서도 재미있게 가르칩니다.

정신 병원

　정신 병원은 정신병자를 치료하는 곳이지요. 보통 사람들과는 다른 사람들을 치료하는 병원이지만 일반 병원과 크게 다를 바가 없습니다. 오히려 건물도 화려하고 깨끗해서 여유로운 마음이 들 정도입니다.

　정신 병원에 있는 의사들은 약 쓰는 방법도 특히 조심하고, 무엇보다 마음을 건드리지 않으면서 치료하려고 노력하지요.

맹아원

　이곳은 장님을 가르치는 곳입니다. 볼 수 없는 사람들을 가르치기 때문에 책이나 교구들이 일반인들 것과는 다릅니다. 학습하는 책자를 보면 물체의 모양과 글자가 볼록하게 인쇄되어 있고, 지도에는 바늘로 구멍을 뚫어 바다와 땅의 형상을 알게 해 줍니다.

비록 앞을 못 보기는 하지만, 이들 중에는 음악과 무용 실력을 놀라울 만큼 갖춘 사람도 있고, 조각이나 옷감을 짜는 세밀한 일에 뛰어난 기술을 가진 사람도 있습니다.

제가 이곳을 돌아보고 나올 때 한 아이에게 제 이름과 우리나라 이름을 말해 주었습니다.

그러자 아이가 지도를 손으로 어루만지면서 이렇게 대답해 주었습니다.

"아시아 주 동쪽의 먼 나라에서 오셨군요."

농아원

농아원은 벙어리를 가르치는 곳입니다. 그래서 이곳 역시 가르치는 방법이 조금 다릅니다. 가령, 글자를 가르칠 때는 손가락으로 서양 글자(알파벳) 26자를 형상하여 말 대신 글자를 보여 주고, 다른 사람의 말을 알아들을 때는 소리 대신 말하는 사람의 입술, 혀, 이, 목구멍의 움직임을 보고 그 뜻을 이해하도록 가르치는 식이지요.

벙어리가 말을 못하는 것은 발음 기관이 불구라서가 아니라, 고막이 막혔으므로 귓구멍이 열리지 않아 남의 목소리를 듣지 못하기

때문입니다. 그래서 자기 목소리도 고르지 못한 것이지요.

한번은 농아원에서 "나는 조선 사람입니다."라고 저를 소개했더니,

"조선 사람은 참으로 우리나라의 귀한 손님입니다."

하고 칠판에다 큼직하게 써 주었습니다.

교도소

이곳은 부모님께 불효하거나 행실이 옳지 못한 자들을 잡아들여

교육시키는 곳입니다. 여기서는 선행을 가르치고 힘든 작업을 시켜서 나쁜 마음을 버리고 잘못을 뉘우치게 하다가, 그 기한이 다 된 뒤에야 비로소 내보내기를 허락합니다.

물론 반드시 법관의 명령에 따라 허물이 가벼운지 무거운지 재어 보고 얼마 동안 가두어 놓아야 하는지를 정하지요. 죄를 지은 자는 감히 원망하지 못하고 오직 그 명령에 순종해야 합니다.

박람회

시간이 흐를수록 사람들의 기술과 예술품을 만드는 재주는 변모하고 또 발전하고 있습니다. 지난날에는 희귀하고 가치 있던 것이 이제는 낡은 것이 되기도 하고, 어제는 편리한 것이 오늘은 그저 그런 물건으로 대접받기도 합니다.

이런 이유로 서양에서는 몇 년에 한 번씩 진기한 물건이나 편리한 기계, 명산품 등을 한곳에 모아 놓그 사람들에게 선보이는데, 그것을 두고 '박람회' 라고 합니다.

이곳에는 사람이 사는 데 필요한 것이라면 없는 게 없을 정도입니다. 물건들을 한 장소에 배열하여 5~6개월 동안 구경시키고, 그 물건의 주인이 쓰임새에 대해서 설명해 주는 식으로 박람회를 엽니다.

박람회의 본뜻은 세상 사람들이 서로 가르치고 배워서, 나와 나라를 이롭게 하자는 것이지요.

박물관

박물관은 세계 각국의 오래되거나 혹은 현재 쓰이는 물건들을 크고 작음, 귀함과 천함을 가리지 않고 일제히 모아 둔 곳입니다. 그것을 관람시켜서 사람들의 견문과 지식을 넓히게 해 주지요.

광물 박물관은 세계 광물의 종류를 수집하고, 각기 그 이름과 종류를 구별하여 보관하는 곳입니다.

새 · 짐승 · 물고기 박물관은 세계의 새, 짐승, 물고기 종류들을 수집하여 이름과 종류별로 나누어 보여 주는 곳이며, 의료 박물관은 오로지 의사들의 공부를 위하여 설립된 곳입니다. 이곳에서는 여러 가지 병과 특이한 난치병을 연구하여 뒷날의 본보기로 삼고 있습니다.

동물원과 식물원

동물원과 식물원은 세계 각국의 생물들을 수집하는 곳으로, 설립한 취지는 박물관과 비슷합니다.

동물원은 세계의 새, 짐승, 벌레, 물고기 가운데 살아 움직이는 것들을 수집해 놓은 곳이며, 식물원은 세계의 꽃과 풀, 나무 가운데 물과 땅에 사는 여러 종류들을 수집해 놓은 곳입니다.

정부에서는 이러한 곳들을 만들어 애를 써서 관리합니다. 그 이유는 국민들의 견문도 넓히고, 학자들의 공부를 도와 나라를 이롭게 하고 국민들에게 편리함을 주기 위해서이지요.

강연회

강연이란 어느 한 분야에 해박한 지식을 가진 사람이 자기 생각을 말로써 널리 펼치는 것을 말합니다.

하늘, 천둥, 번개 등 자연의 이치부터 시작해서 농작, 공업 기술, 과학 이론, 음악 등 사람에 관계되는 것, 외국의 풍속과 온갖 사물에 이르기까지, 강연하는 내용은 이루 헤아릴 수가 없습니다.

강연을 하는 목적은 강연하는 사람이 품고 있는 지식과 학문을 세상 사람들에게 널리 알려 주기 위해서입니다.

도서관

　도서관에는 유교의 가르침을 담은 책과 역사책, 각종 학문 서적
과 소설류, 신문 종류에 이르기까지 다양한 읽을거리가 있습니다.

　도서관에 많은 책을 보관하는 까닭은 세상에 무식한 사람을 없
애고 많은 지식을 심어 주기 위해서입니다.

　런던과 상트페테르부르크(러시아의 수도), 파리에 있는 도서관
이 특히 유명합니다. 그중 파리의 도서관이 가장 큰데, 무려 200만
권이 넘는 책을 소장하고 있다고 합니다.

신문

신문은 세상에서 벌어지는 온갖 일들을 기자들이 조사하여 그 내용을 글로 써서 인쇄한 종이입니다. 이 종이는 사람들에게 세상 돌아가는 소식을 가장 빠르게 전하는 소식통이 되지요.

정부의 정책부터 거리에서 들리는 소문과 외국의 소식에 이르기까지, 세상 사람들의 견문을 넓힐 만한 것을 고른 다음 문인이 글을 짓고 화가가 그림을 그려서 모르는 사람이 없도록 알립니다.

신문은 날마다 발행되는 것도 있고, 일주일마다 발행되는 것도 있고, 달마다 또는 철마다 발행되는 것도 있지요.

시대를 거슬러 잠시 신문이 시작된 근원을 알아보겠습니다.

우리나라의 *조보는 관리들이 손으로 베껴서 돌리다가, 그 뒤에 일반인 가운데 부유한 자들도 세를 내고 받아 보았습니다. 그러다가 300년 전에 이르러 영국과 이탈리아 두 나라에서 인쇄하여 발행하는 신문이 나오게 된 것이지요.

또 정부의 특허로 발행하는 신문을 도매로 팔거나, 정부가 관청을 설치하고 발행하기도 하였습니다. 참고로, 근세 여러 나라 가운데 런던과 뉴욕의 신문이 가장 큽니다.

예전에는 신문 기사를 사람이 일일이 베껴 썼지만 금속 활자 사용법을 터득한 뒤부터 비로소 기계를 이용하게 되었습니다. 오늘날 큰 회사에서는 증기 기계를 이용하여 한 시간에 3만 장씩 인쇄해 낸다고 하니, 그 신속함과 굉장함이 감탄을 자아내게 합니다.

이렇게 세상 밖으로 나온 신문의 생명은 뭐니 뭐니 해도 정확성과 신속성입니다. 또 기자들의 본분은 어떤 사건을 정확하고 사실대로 전하되 최대한 빨리 전하는 것인데, 신문 기자들은 이 일을 큰 즐거움으로 여깁니다.

이런 과정을 통해 나오는 신문은 공평하고 진실된 내용을 실어

야 하며, 국민의 행실과 세계 각국의 풍습과 문화를 칭찬할 것은 칭
찬하고 나무랄 것은 나무라야 합니다. 이렇게 되면 신문을 보는 사
람들도 행실을 단정히 하고 마음을 바르게 가지게 됩니다.

제18편

증기 기관

증기는 물이 끓는 기운을 말합니다. 우리가 흔히 김이라고 하지요. 냄비나 가마솥에 물을 끓이면 그 뚜껑을 들어 올리게 되는데 이것이 바로 증기의 힘입니다.

증기 기관은 이렇게 팽창한 증기를 밀폐된 그릇 속에 봉한 뒤 그 폭발하는 힘을 빌려서 기관을 움직이는 것입니다. 증기 기관의 힘은 증기를 폭발시켜 그 힘을 사용하는 통의 크기에 따라 강약이 정해집니다.

최초로 증기의 힘에 관한 이론을 펼친 사람은 독일 사람 '예오발(禮遨發)' 이었고, 증기 기관을 크게 발전시킨 사람은 영국 사람 '와트' 였습니다. 그 덕분에 한 사람의 힘으로 수천 명이 할 일을 다 해내게 되었고, 비용도 줄어들고, 정밀한 부분까지 아름답게 만들어 낼 수 있게 되었습니다. 강을 뚫고 개천을 준설하는 일, 화폐를 주조하는 일, 기선이나 기차를 운행하는 일, 보릿가루를 가는 일 등 증기와 관련되지 않은 일이 없으니 '증기의 세계'라는 말이 나올 만도 합니다.

증기의 아버지, 와트

영국의 한 가난한 집에서 태어난 와트는 병약한 체질에, 혼자 방에 틀어박혀 책 읽는 것을 좋아했습니다. 열네 살에 오롯이 자기 생각만으로 작은 전기 기계를 만들었고, 찻주전자가 끓는 것을 보고는 수증기를 물방울로 만드는 놀이를 하곤 했습니다. 그의 숙모는 와트를 보고 '게으르고 이득이 될 것이 없는 장난'이라고 하였으나, 와트는 식물학과 화학, 광산학을 힘써 배우고 특히 물리학에 있어서 심오한 뜻을 깨치게 되었습니다.

와트는 1755년에 증기가 운동하는 힘을 깊이 연구했고, 스물일곱 살이 되던 1763년에 증기통을 만들었습니다. 또 1768년에 친구 로벅의 도움을 얻어 증기의 힘과 사용법을 크게 발전시켜서 이듬해 특허권을 따냈습니다.

와트보다 먼저 증기 기관을 연구한 자들이 많았지만, 그 기술을 크게 이루어 쓸 수 있게 한 장본인은 다름 아닌 와트였습니다.

기차

기차는 증기 기관의 힘을 빌려서 움직이는 차입니다. 앞차 한 량(輛)에다 증기 기계를 장치하여 기관차라고 부르는데, 이 기관차 한

량으로 다른 차 2, 30량 내지 4, 50량을 끌 수 있습니다. 기차가 달리는 길에는 두 줄의 레일을 깔아 그 이름을 철로라고 합니다.

철로를 가설하는 재료는 철선과 *침목입니다. 우선 길을 단단하게 닦은 뒤에 침목을 옆으로 놓고, 그 위에 철선 두 줄을 좌우로 놓습니다. 이때 길은 반드시 평평해야 합니다.

이렇게 만들어진 기차는 도착하그 출발하는 시간이 정해져 있습니다. 그 이유는 기차가 같은 철로를 따라 오가기 때문에 서로 충돌하는 위험을 피하기 위해서입니다. 오가는 철로가 따로 있더라도 두 기차가 서로 지나칠 때는 속도를 줄여서 뜻밖의 사고를 방지해야 합니다.

여기서 기차의 역사에 대해서 잠깐 알아보겠습니다.

기차의 시초는 1812년에 영국 사람 스티븐슨이 기차를 만들어 석탄 운송에 사용한 것으로 시작됩니다. 그러나 그때는 철로를 아직 만들지 못한 상태였지요.

세계 최초로 철로를 달린 기차가 만들어진 것은 1825년, 다시 스티븐슨에 의해서였습니다. 스티븐슨의 이런 기술은 세상 사람들을 깜짝 놀라게 하였고 마음을 설레게 하기에 충분했습니다. 그러나 스티븐슨을 시기하고 혐오하는 사람들도 적지 않았습니다. 그 이유는 기차가 시끄럽다, 기차의 연기가 목축에 방해된다는 것 등이었습니다. 하지만 철로를 달리는 기차가 생겨남으로 해서 물산들을 교역하여 물가를 고르게 하고, 도시와 시골을 간편하게 오가게 하는 등의 업적은 정말 엄청난 것이었습니다.

기선

기선은 증기 기관의 힘을 이용하여 움직이는 배를 말합니다. 화륜선이라고도 하지요. 기선을 만드는 재료는 나무와 쇠이고, 움직이는 힘은 물과 불에서 얻습니다.

1807년에 미국 사람인 풀턴이 120마력짜리 증기선을 처음 만들어 허드슨 강에서 시험적으로 운행한 것이 그 시초입니다. 당시 사람들은 그를 보고 '미치광이'라고 놀렸다가, 배가 움직이는 것을 보고는 '요술쟁이'라 했다고 합니다.

처음에 기선이 한 일은 강을 건너거나 물건을 옮기는 것이 고작이었으나, 차츰 사용법이 좋아져서 군함이나 상선, 우편선까지 만들어졌습니다.

기선의 속도는 기관의 크기에 따라 달라서 정확하게 말하기는 어렵고, 보통 하루에 칠팔백 리로부터 천이삼백 리 정도를 오고 갑니다.

기선은 증기를 사용하여 달리는 배이기 때문에 바람이나 물결 따

위는 상관이 없지만, 시간과 한정된 무게를 엄격하게 지켜야 합니다.

배를 운행하는 선원과 불을 때는 화부의 수는 배의 크기에 따라 달라지는데, 배 안의 일은 모두 선장의 책임이고 증기 기계에 관계되는 일은 모두 기관사가 관장합니다.

배는 어느 나라에 소속된 것이든지 그 나라의 영토와 같은 것으로 여기기 때문에 다른 나라의 간섭을 받지 않습니다. 두 배가 서로 만날 때에는 깃발을 올려서 예의를 표시하기도 합니다.

전신기(電信機)

전신기는 전기를 철선에 통하여 먼 곳까지 소식을 전하는 기계입니다. 전신기의 원리를 간략하게 알아보겠습니다.

유산수(硫酸水. 황산)와 탄소와 아연, 이 세 가지를 섞으면 전기가 발생합니다. 이 세 가지를 유리로 만든 그릇에 넣어 전기 본원을 만든 다음, 그 전기를 동선(銅線)에 통하게 하여 전선기와 연결시키면 됩니다. 이렇게 하여 전기가 통하는 전신기를 두 곳에 설치하고 그 사이를 구리 또는 철선으로 연결시킵니다. 이때 선은 전신기와는 이어지되, 전기의 선과는 조금 떨어지게 하는 것이지요.

철선을 통하게 하는 방법은 이렇습니다. 길가에 삼사십 칸씩 거리를 두고 십여 척 또는 팔구 척의 나무 기둥을 세우며, 그 위에다 전선을 가설합니다. 또 물 밑바닥에 가설하는 방법도 있는데, 전선의 표면을 굳게 싸서 물이 스며드는 것을 막는 것이지요. 이렇게 설치된 전신기를 통해서 생활에 많은 변화가 생겼고 온 세상이 한 집 안처럼 된 것입니다.

세계 최초로 육지 간 전선이 가설된 것은 1844년에 미국의 워싱턴과 볼티모어 사이였으며, 세계 최초의 해저 전선이 가설된 것은 1851년에 영국과 프랑스 두 나라가 서로 경계한 바다를 통해서였습니다.

또 전선은 군사용으로도 중요하게 쓰입니다. 그 예로 프러시아와 프랑스의 전쟁에서 프러시아 대장 몰트케는 전쟁터에 나가지 않고 자기 집에 들어앉아, 여러 길로 출병하는 장수들에게 명령하여 각각 한 가닥의 전선을 자기 집까지 연결시키도록 하였습니다. 장수들이 적군의 일거일동을 보고하면, 몰트케는 이 전보에 따라 군사 계획을 세울 뿐이었습니다. 손가락 하나의 움직임이 천만 병사를 동서로 달리게 하여 천 리 밖에서 승리를 얻을 수 있었던 것입니다.

전화기

전화기는 전기가 흐르는 힘을 빌어서 먼 곳의 사람과 말을 주고받게 하는 철선을 가리킵니다. 소리가 어느 물체를 따라서 나오든지 간에, 그 소리가 앞으로 나아갈 때에 뚫고 지나가는 공기를 진동케 합니다. 바로 그 진동의 결과로 소리가 나는 것입니다.

기계를 겉으로 보면 하나의 작은 궤입니다. 말을 전하는 철선은 궤 밖으로 내보내고 그 끝에다 통을 붙였는데, 그 통을 '전어통(傳語筒)'이라고 합니다. 또 사람 부르는 종 하나를 궤 옆에 붙였는데, 그 방울이 말 전하는 철선에 연결되어 있어서 말을 보내기 전에 전기로 그 종을 먼저 울려 사람을 부르는 것이지요.

전어통을 향하여 소리를 내면 탄정과 굽은 철선이 서로 떨어졌다 붙었다 하는 빠르기가 소리의 높고 낮음, 길고 짧음을 나타내게 됩니다. 그래서 이곳에서 말하는 사람의 소리가 저곳 사람에게 분명하게 들리는 것입니다.

전화를 하려면 전화선으로 전화국을 불러내어 자기의 전화선을 어느 곳에 사는 아무개와 연결해 달라고 부탁합니다. 그러면 전화국의 교환원이 이 두 선의 번호를 확인한 뒤에 연결시켜 줍니다.

회사

큰 상업을 경영하려면 자본이 있어야 합니다. 그러나 많은 돈을 한 사람의 힘으로 감당하기 어려워서, 5명이나 10명 또는 그 이상의 사람이 뜻을 모아 규칙을 세우고 사업을 시작하는데 이를 '회사'라고 합니다.

회사를 세운 뒤에는 마련한 규칙과 상업의 조목, 필요한 자본 등을 인쇄하여 세상에 광고를 합니다. 그리고 주식을 판매하여 자본을 모으기 시작합니다.

하는 일은 회사마다 각기 다릅니다. 그중에서 특히 기차와 철로, 전기를 가설하는 일이나 배가 다니는 하천을 준공하는 일을 하려면 반드시 정부의 허가를 얻어야만 합니다. 그래야만 주식도 만들어 팔 수 있습니다. 그러므로 정부가 회사 설립을 허락하려면, 회사가 필요로 하는 자본만큼의 이익을 올릴 수 있는 능력을 갖추었는지부터 먼저 파악해야 합니다.

드디어 완전한 회사의 형태를 갖춘 뒤에는 일을 시작합니다. 많은 물건을 실을 수 있는 큰 배를 만들어 외국과 무역을 하고, 우편선을 마련하여 각국의 우편물을 왕래하게 하고, 돈을 바꿔 주는 환전상과 나그네를 재울 수 있는 여관을 짓는 등 많은 일을 합니다. 한마디로 인생의 편리한 방법을 마련해 주고 나라의 충실한 발전을 도모하는 것이지요. 바로 이것이 회사의 힘이기도 합니다.

도시의 배치

도시는 많은 사람들이 모여드는 곳을 말합니다. 도시를 일정한 규모로 조정하지 않으면 분란이 생기고 큰 어려움이 닥치게 됩니다. 사람 사는 모양이 나날이 변모하고 실타래처럼 엉켜 있기 때문에 중앙 정부는 총괄하는 권한만 행사할 뿐, 도시에 관한 여러 가지 규칙은 지방 사람들에게 맡겨서 자기들에게 편리한 방법대로 시행하도록 합니다.

그럼 서양 여러 나라에서는 도시를 어떻게 배치해서 집을 지었는지 알아보겠습니다.

집을 짓는 데도 일정한 법규가 있어서 길을 함부로 침범하지 못하게 되어 있습니다. 또 인구가 조밀한 곳에는 불이 났을 때를 방지하기 위하여 나무로 집 짓는 것을 금합니다. 집집마다 번호를 정하여 차례가 혼란스럽지 않고, 집주인의 이름을 문에 걸어서 잘못 찾아오는 일이 없도록 하였습니다. 길을 닦을 때도 사람이 다니는 길, 차들이 다니는 길을 구분했으며 공원을 만들어서 아름다운 꽃으로 꾸몄습니다. 또 대중의 편리를 위해서 시장, 상점, 우체국, 전신국 등을 도시 한가운데에 배치하였습니다.

도시에 시행되는 법은 그 지방의 관리와 원로들이 회의하여 작성하는데, 이때는 도시 전체가 같이 누릴 이익을 최대 목적으로 삼습니다.

제19편

각국 대도시의 모습

이제부터는 지금까지 살펴본 도시의 도습을 기록하려고 합니다. 어렵기 그지없지만 여러분께 지척에서 만 리 밖을 여행시켜 드린다는 생각으로 적어 보겠습니다.

미국의 여러 대도시

워싱턴

미국의 수도입니다. 이 나라를 처음 세운 대통령 워싱턴의 성을 따서 이름 지어졌습니다. 이곳은 포토맥 강과 애너크스티아 강의 두 물줄기가 합류하는 요충에 있습니다.

관광객들이 사철 끊임없이 드나들고 상인들의 왕래는 적어서,

물가가 미국에서 으뜸으로 비싼 곳이기도 합니다.

뉴욕

　뉴욕은 미국에서 가장 큰 도시입니다. 맨해튼 섬의 모퉁이를 차지하고, 동쪽으로는 강을 사이로 하여 브루클린과 마주보며, 서쪽으로는 허드슨 강을 경계로 뉴저지 주를 바라보고 있습니다. 대서양을 통하여 상인들을 오게 하고, 남쪽으로는 파나마를 통하여 남미 여러 나라와 무역하고 있습니다.

가옥의 건축 양식은 런던이나 파리에 미치지 못하지만, 거리나 상점이 깨끗하고 관청이나 교회는 무척 아름다워서 미국에서 으뜸 가는 도시로 손꼽힙니다.

시카고

이곳은 미국에서 다섯 번째 도시로 불립니다. 주민은 4만 정도 됩니다. 미시간 호를 끼고 있어 수로를 이용한 운송이 편리하며, 철도도 사방으로 통해 있어 육지를 통한 운송도 순조롭습니다. 상인들의 무역도 번성하여 저축해 놓은 재물은 뉴욕과 맞먹을 정도입니다.

샌프란시스코

이 도시는 항구 도시인데 캘리포니아 주의 입구에 해당되는 곳입니다. 미국 서쪽 지방의 요지이지요. 원래는 멕시코의 관할 아래 있었는데, 미국이 거금으로 이 땅을 사들여서 자기 나라 영향권에 넣었습니다.

이곳은 기후가 온화하고 토양이 비옥하여 물산이 풍족하고 농사도 잘 되거니와, 여러 산에서 금이 많이 나와 온 세계에 맞설 곳이 없을 정도입니다. 이곳에서 수출되는 금이 무려 6,000만 원이나 된다고 하며, 온 세계의 금값을 올리고 내리며 조종하는 것도 이곳에서 거의 이루어진다고 합니다.

이 밖에도 미국 제2의 도시라 불리는 필라델피아, 교육 규모가 특히 번성한 보스턴이 있습니다.

영국의 여러 대도시

런던

이 도시는 영국의 수도입니다. 영국은 본디 작은 섬나라이지만, 식민지가 6대주에 흩어져 있어서 온 세계를 호랑이처럼 위풍 있게 다스리며, 국민들의 부유함도 세계에서 으뜸입니다.

런던도 역시 큰 나라의 수도라서 주민이 325만을 넘고, 이곳에서 머무는 상인과 여행객들이 수백만 명이나 될 정도입니다. 사람이 사는 집이 52만 8,900여 호나 되니, 그 화려함과 장대함 역시 천하에 으뜸입니다. 그러나 시내에 빈민이 많아서 길가에 누더기를 걸친 자들을 흔히 볼 수 있습니다. 한마디로 거지와 호사스러운 부자들이 뒤섞여 사는 곳이지요.

"세상에서 런던처럼 부유한 곳도 없고, 런던처럼 가난한 곳도 없다."

런던이란 도시를 두고 누군가는 이렇게 말했다고 합니다.

예배당 가운데 가장 특출한 것은 세인트폴 성당이며, 대영박물관은 진열품이 많은 것으로 그 이름을 유럽에 떨치고 있습니다.

리버풀

영국 제2의 도시입니다. 런던과는 600여 리 떨어져 있어서 기차로 통하는 중요한 항구 도시이지요. 주민은 50만이 넘으며, 아일랜드와 미국으로 항해하는 요지여서 무역이 아주 번성합니다. 또 항

구 정박지가 세계에서 가장 크고, 남쪽 바닷가에 있는 조선소는 세계에서 가장 유명하다고 합니다.

맨체스터

리버풀 동쪽 100리 되는 곳에 있습니다. 53년 전에 영국 사람 스티븐슨이 리버풀과 맨체스터, 이 두 도시 사이에 철로를 가설하여 지금까지 조그만 손상 없이 사용하고 있습니다. 이 일로 말미암아

이곳의 철로는 세계 철로의 효시가 되었습니다. 영국 제3의 도시이 며, 맨체스터 감옥은 넓고 견고하며 또한 정결하고 극진하기로 유 명합니다.

이 밖에도 스코틀랜드 서남쪽에 자리잡고 있는 번화한 대도시 글래스고, 영국 스코틀랜드의 수도로 행정·학술·문화의 중심 도 시인 에든버러, 아일랜드에서 가장 큰 도시 더블린 등이 있습니다.

제20편

프랑스의 여러 대도시

파리

이 도시는 프랑스의 수도인데, 주민은 180만 정도 됩니다. 센 강 서쪽 기슭에 걸쳐 있는데, 33개의 철교와 돌다리가 가설되어 있습니다. 나폴레옹 1세가 10여 리나 되는 지역을 고쳐 지어서 오늘날 전 세계에 견줄 곳이 없는 도시로 만들었습니다.

또한 음식과 의복이 여러 나라를 앞서 가는 도시이며, 이곳에 개선문이 있습니다. 화려하고 기풍 있는 공원이 많기로 유명하며, 노트르담 성당은 파리에서 가장 큰 성당입니다.

베르사유

이 도시는 파리 서남쪽 십 리 되는 곳에 있는데, 인구는 약 4만 4

천을 넘습니다. 시가지와 집들은 파리와 비슷합니다. 이곳에 루이 14세가 지은 옛날 임금의 궁전이 있습니다.

몇 년 전에 이 궁전을 보물을 소장하는 곳으로 지정하여, 프랑스 역사의 *기사와 명화, 그 밖의 보물들을 많이 모아 놓았습니다.

마르세유

프랑스 남쪽 프로방스 주에 있는 중요한 무역항입니다. 주민은 30만 남짓 됩니다. 이 항구는 유럽 주에서 제일가는 부두여서, 드나드는 사람과 선박의 수를 손가락으로 꼽을 수 없을 정도라고 합니다. 이곳은 옛날 그리스의 식민지였습니다.

이 밖에도 마르세유 북쪽 630리 되는 곳에 위치한 리용이 있습니다.

독일의 여러 대도시

베를린

이 도시는 독일의 수도인데, 인구는 86만 남짓 됩니다. 이곳은 슈

프레 강 상류에 자리잡고 있으며 유럽에서 넷째 가는 도시입니다.

거리는 잘 정돈되고 깨끗하며, 사람과 마차가 오가는 길이 구별되어 있습니다. 이 나라 사람들은 남녀를 가리지 않고 '맥주'를 좋아하여 그 음주량이 다른 나라 국민들보다 월등히 많습니다.

특히 대학교는 그 이름을 전 세계에 떨치고 있는데, 학술이 정밀하고도 분명한 점에서 옛날과 오늘을 통틀어 으뜸이라고 할 만합니다.

함부르크

베를린 서북쪽 490리 되는 곳에 철로로 이어져 있으며, 인구는 24만 남짓 됩니다. 독일 여러 도시 가운데 제2의 도시지만, 엘베 강가에 자리잡아 무역이 번성하기 때문에 이 항구는 독일에서 제일 가는 요지입니다. 옛날 프랑스의 나폴레옹 1세가 영국을 곤란하게 만들기 위해서 이 항구를 봉쇄한 까닭도 이곳이 유사시에는 유럽 대륙의 요충이 되기 때문입니다.

쾰른

독일 제3의 도시입니다. 이곳은 라인 강을 끼고 있는데 인구는 13만 남짓 됩니다. 시가지는 구불구불하고 폐허가 된 집들이 사이사이에 흩어져 있어서 깨끗하지 못한 곳이 많습니다.

이곳에서 제조하는 향수는 그 이름이 세상에 널리 알려져, 해마다 몇만 병씩 수출합니다.

이 밖에도 무역의 요충 지대인 프랑크푸르트, 뮌헨 북쪽에 있는 조그만 도시 포츠담이 있습니다.

네덜란드의 여러 대도시

헤이그

네덜란드의 수도입니다. 인구는 9만 명 남짓 됩니다. 집을 지을 때 붉은 벽돌을 많이 쓰고, 넓게 만든 창문은 밝고 청쾌한 인상을 줍니다. 그러나 도로는 수레 두 대가 겨우 나란히 지날 수 있을 정도로 좁습니다. 네덜란드 사람들은 특히 깨끗한 것을 좋아하는 성미를 가졌다고 합니다.

로테르담

이 도시는 네덜란드 제2의 도시인데, 인구는 12만 남짓 됩니다. 항구의 무역이 번성해서 상선이 끊이지 않고 드나듭니다. 그 덕분

에 30년 동안 물자와 주민이 늘어나서 옛 수도 암스테르담과 첫째
를 다투게 되었습니다. 거리가 깨끗하고 도랑도 맑으며 집도 화려
하고 아름답지만, 웅장한 건물은 드문 편이지요. 풍차와 조선 공작
소가 많은 것이 자랑거리입니다.

암스테르담

　라이든 북쪽 90리 되는 곳에 있는데, 철로로 서로 이어져 있으며
인구는 27만 정도입니다. 큰 바다를 끼고 있어서 우럽 무역의 중요

한 항구이며, 물자가 풍부하여 네덜란드의 가장 커다란 도시입니다.

또 강물이 시내를 꿰뚫고 흐르기 때문에 300여 개의 나무다리를 가설하였는데, 열고 닫는 방식으로 배를 다니게 합니다. 이것이 네덜란드 여러 도시의 교량 제도입니다.

이 밖에도 학문하는 고장으로 유명한 라이덴이 있습니다.

포르투갈의 여러 대도시

리스본

포르투갈의 수도인데, 인구는 28만 명 남짓 됩니다. 도시가 북쪽 기슭 높은 지대에 자리잡아 시가지가 반달 모양으로 발달하였습니다. 길과 집들이 크고 화려하여 작은 런던이라고 불릴 정도이며, 포도주를 일 년에 4만 상자 이상 수출한다고 합니다.

120여 년 전에 이 도시에 격렬한 대지진이 일어나서 시내의 민가가 절반이나 파괴되고 수만 명이나 압사되는 화를 입었으나, 그 모습을 다시 회복하여 비록 작지만 큰 나라의 위상을 이루었다고 합니다.

포르투

이 도시는 리스본 북쪽 600리 되는 곳에 있으며, 인구는 9만 남짓 되는 포르투갈 제2의 도시입니다. 큰 강을 끼고 있어서 무역이 번성하며, 견직물과 술이 이 도시의 명산품입니다.

스페인의 여러 대도시

마드리드

스페인의 수도로 인구는 47만 3,700여 남짓 됩니다. 큰 강 상류에 자리잡고 있으며, 시가지는 크고 작은 집들이 뒤섞여 있습니다. 시내 외곽에는 토지가 몹시 메말라 나무가 울창하지 못하며 농사도 잘 되지 않고, 다만 포도만 잘 익는다고 합니다.

이 도시의 물산은 금은으로 만든 기구나 도자기, 장신구 등과 같이 사치스러운 물품들입니다.

세비야

이 도시는 스페인 남방에서 가장 오래된 도시입니다. 인구는 15만 2,000명 정도 됩니다. 옛날 회교 법왕의 궁전과 예수교의 예배

당이 거대하고도 화려한 모습을 서로 과시하고 있습니다. 담배 공
장은 정부의 관할 아래 있는데, 직공 수천 명을 고용하며, 그 이익
이 매우 많다고 합니다. 투우는 스페인에서만 성행하는 놀이인데
이 도시의 투우장이 국내에서 가장 큽니다.

바르셀로나

인구가 25만여 명 되는, 나라 안에서 제2의 도시입니다. 지형이
지중해를 끼고 있어서 기후가 온화하며, 토양이 비옥하여 물산도
역시 풍성합니다. 포도주, 소주, 올리브유와 여러 가지 과일, 면직

물과 모직물 등의 수출이 많아서 여러 나라의 상선이 모여듭니다.

옛날 회교 법왕이 건축한 궁전이 아직도 남아 있는데, 고색창연한 가운데에도 장엄하고 화려합니다.

이 밖에도 옛날 회교가 번성했을 때 번화했던 도시 코르도바, 그라나다, 유럽에서 가장 오래된 도시 카디스, 시내에 있는 사탑이 세계의 기이한 구경거리로 불리는 도시 사로고사가 있습니다.

벨기에의 여러 대도시

브뤼셀

벨기에의 수도인데, 인구는 17만 1,300여 명입니다. 민가는 구릉지에 자리잡았으며, 넓고 깨끗한 거리와 아름답고 화사한 누각·사원들이 왕도의 기상을 지니고 있습니다.

유럽 사람들이 이 도시를 가리켜 작은 파리라고 하는데, 거리나 가게의 화려함이라든지 시민들의 부유한 기상이 비슷하기 때문입니다. 1815년 6월 18일에 영국 더장 웰링턴이 프랑스의 황제인 나폴레옹 1세를 크게 격파했던 워털루 마을이 유명합니다.

안트워프

큰 강 어귀에 있기 때문에 벨기에의 물산들이 모여드는 요충 지대가 되었습니다. 옛날 프랑스에 소속되어 있을 때 나폴레옹 1세가 이곳을 유럽 중앙 무역 항구로 삼았는데, 그때 건축한 서창과 포대가 아직도 남아 있습니다. 시내에는 유럽에서 세 번째로 높은 예배당이 있으며, 미술 학교가 가장 훌륭합니다.

 도움말

· **외무낭관 外務郎官** 통리교섭통상사무아문의 책임자.

· **보빙 報聘** 답례로 외국을 방문함.

· **당오전 當五錢** 1883년(고종 20)에 만들어 1894년(고종 31)까지 사용되었던 화폐.

· **유성 游星** 오늘날에는 '행성' 이라고 한다.

· **종성 從星** 오늘날에는 '위성' 이라고 한다.

· **아비시니아** 에티오피아의 옛 이름.

· **세록 世祿** 대대로 받는 녹봉.

· **교정 敎正** 천도교에서 교화를 맡아보는 교직, 또는 그런 교직에 있는 사람.

· **돌쩌귀** 문짝을 달아 여닫는 데 쓰는 두 개의 쇠붙이.

· **조보 朝報** 전근대적인 신문 형태로, 조선 시대 때 조정의 소식을 알리던 글.

· **침목 枕木** 선로 아래에 까는 나무나 콘크리트로 된 토막.

· **기사 記事** 사실을 적음, 또는 그런 글.

생
애

후
반

이 책이 출판되었을 때 저의 나이는 어느덧 마흔넷. 이 책의 출판은 저의 가슴을 채우고 있던 나라의 독립과 개화에 대한 욕망에 기름칠을 해 주었습니다. 저의 눈과 귀와 입은 오로지 독립과 개화를 향해 열려 있었습니다.

그즈음 서재필이 '독립신문'을 간행하려고 계획한다는 소문을 듣고는 정부에 건의하여 국고금 5,000원을 보조하였습니다. 나라를 위하는 일에는 늘 힘이 되고 싶었습니다.

그해 2월, 고종 황제가 러시아 공사관으로 *파천하는 일이 벌어졌습니다. 그때 저는 일본으로 망명하게 되었는데, 그 일이 계기가 되어 무려 11년 동안이나 일본에서 머무르게 되었습니다.

망명 생활 중에도 크고 작은 일들이 있었습니다. 특히 1902년 6월에 청년 장교들과 결탁하여 정부를 새롭게 고쳐 보려고 계획한 일이 탄로 나서 유배를 당한 일은 큰 사건이 아닐 수 없었습니다. 저는 이 일로 큰 실의에 빠져 지냈습니다. 더군다나 1905년 11월, 우리 한국이 일본의 보호국으로 전락하자 걷잡을 수 없는 분노와 좌절을 느껴 더 이상 일어설 수 있는 힘조차 남지 않았습니다. 제가 기독교에 귀의한 것은 이 일이 결정적인 계기가 되었습니다. 당시 저는 종교가 아니면 더 이상 버틸 힘조차 없었으니까요.

다행히 고종 황제의 사면으로 귀국할 수 있었는데 그렇게 일본

192

에서 보낸 세월이 무려 11년이었습니다. 저는 인생의 소중한 한 부분을 잃어버린 듯해서 얼마나 가슴을 쳤는지 모릅니다.

일각에서는 저를 친일한 사람이라고 말하기도 합니다. 하지만 저는 애써 이 말에 변명하지도, 화를 내지도 않았습니다. 그깟 소문에 연연할 만큼 저도, 나라도 여유로운 상태가 아니라고 생각했습니다.

제 가슴속에 타고 있는 정열의 불꽃은 여전히 꺼지지 않았습니다. 저는 늘 깨어 있는 사람이고 싶었습니다. 곧 흥사단을 설립하여 오래전부터 꿈꿔 왔던 교육 사업에 뛰어들었습니다. 고종 황제께서는 저에게 일만 원이라는 어마어마한 금액의 찬조금을 손수 내주셨습니다.

그러는 동안 저는 크고 작은 명분의 상을 받기도 했습니다. 그런데 무엇보다 잊을 수 없는 것은 한일 합방 후 일본이 저에게 남작이라는 직위를 내린 것이었습니다. 제가 일본에서 유학 생활을 하였고 많은 문화 체험을 하며 일본과 친밀한 관계를 유지하고 있었던 것은 부인할 수 없는 사실이었지만, 저는 한번도 제가 한국인이라는 사실을 망각한 적도, 저버린 적도 없었기에 당장 거부하고 직위를 반환했습니다. 일본의 꿍꿍이를 저는 알고 있었습니다. 저를 어떻게든 회유하여 일본의 앞잡이로 쓰려는 수작이라는 걸 모를 제가 아니었지요. 저는 일본의 계략에 치를 떨었습니다.

저는 나라를 위해 할 수 있는 일이 무엇일까 고민했습니다. 생각 끝에 후학들을 위한 책을 저술하는 데 모든 정성을 쏟기로 다짐하고 곧 집필에 들어갔습니다. 그중 대표적인 책을 몇 권 소개하자면 『노동야학교본(勞動夜學敎本)』, 『대한문전(大韓文典)』입니다.

이 책을 발간하면서 저는 크고 작은 일들을 다시 시작했습니다. 제국실업 회장으로 추천되기도 했으며 한자통일회를 조직하여 취지서를 발표하는 등, 다양한 일에 뛰어들면서 저의 경험이 나라에 보탬이 되고자 노력했습니다. 또 국채보상금 처리회 회장이 되어 일하기도 했고, 일진회에서 한일 합방을 하고자 상소하는 것을 보고 이를 반박하는 글을 내각에 제출하기도 하면서 여러 사회 단체에서 활동하였습니다.

처음 유학 생활을 시작할 때도 그랬지만 저는 나라의 은혜를 남다르게 입은 사람이라고 늘 생각하고 있었습니다. 그런데 저에게 또 다른 은혜가 기다리고 있었습니다. 1908년, 그러니까 제 나이 쉰셋이 되던 해에 순종 황제로부터 노량진에 있는 조호정(詔湖亭)을 하사받게 된 것입니다. 저는 이 조호정에서 늘그막까지 살았습니다. 조호정은 제 마음의 벗이자 위안이 되는 안식처였습니다. 비록 화려하거나 빼어난 풍광을 자랑하는 곳은 아니었지만 저의 마지막을 지켜 줄 곳이 되려고 그랬는지, 이곳을 떠나 있을 때마다 마음

194

한구석이 허전하였습니다.

1912년, 다시 마음을 가다듬고 일어난 저는 『구당시초(矩堂詩秒)』를 간행하게 되었습니다. 그런데 참 이상한 일이었지요. 이번 출판은 저에게 큰 기쁨보다는 아련한 슬픔을 안겨다 주는 것 같았습니다. 어쩌면 이것으로 저의 책 발간은 끝이 될지도 모른다는 막연한 두려움이 앞섰습니다. 아마도 오랫동안 안고 살아왔던 신장염이라는 병 때문이었나 봅니다.

저는 하나둘씩 세상 사람들과의 인연을 정리하고 조호정 밖으로의 외출을 삼갔습니다. 그리고 가을이 점점 무르익는 바깥 풍경을 바라보며 인생을 돌이켜 보는 시간을 가졌습니다.

풀벌레 우는 소리가 유난히도 처량하게 들리는 날, 곁에는 이미 임종을 눈앞에 둔 저를 지키기 위해서 아들과 조카들이 둘러싸고 있었습니다.

저는 저의 한평생을 돌아보았습니다. 일본을 시작으로 세계 여러 나라를 여행하였고 우리나라를 개화시키고자 하는 소망으로 많은 일도 하였지만, 결국 우리나라는 나라를 잃은 식민지가 되고 말았습니다. 비통하고 억울해서 차마 눈을 감을 수가 없었습니다.

"신약 성서를 읽어 다오."

저는 마음을 정리하기 위해 아들에게 부탁했습니다. 그리고 신

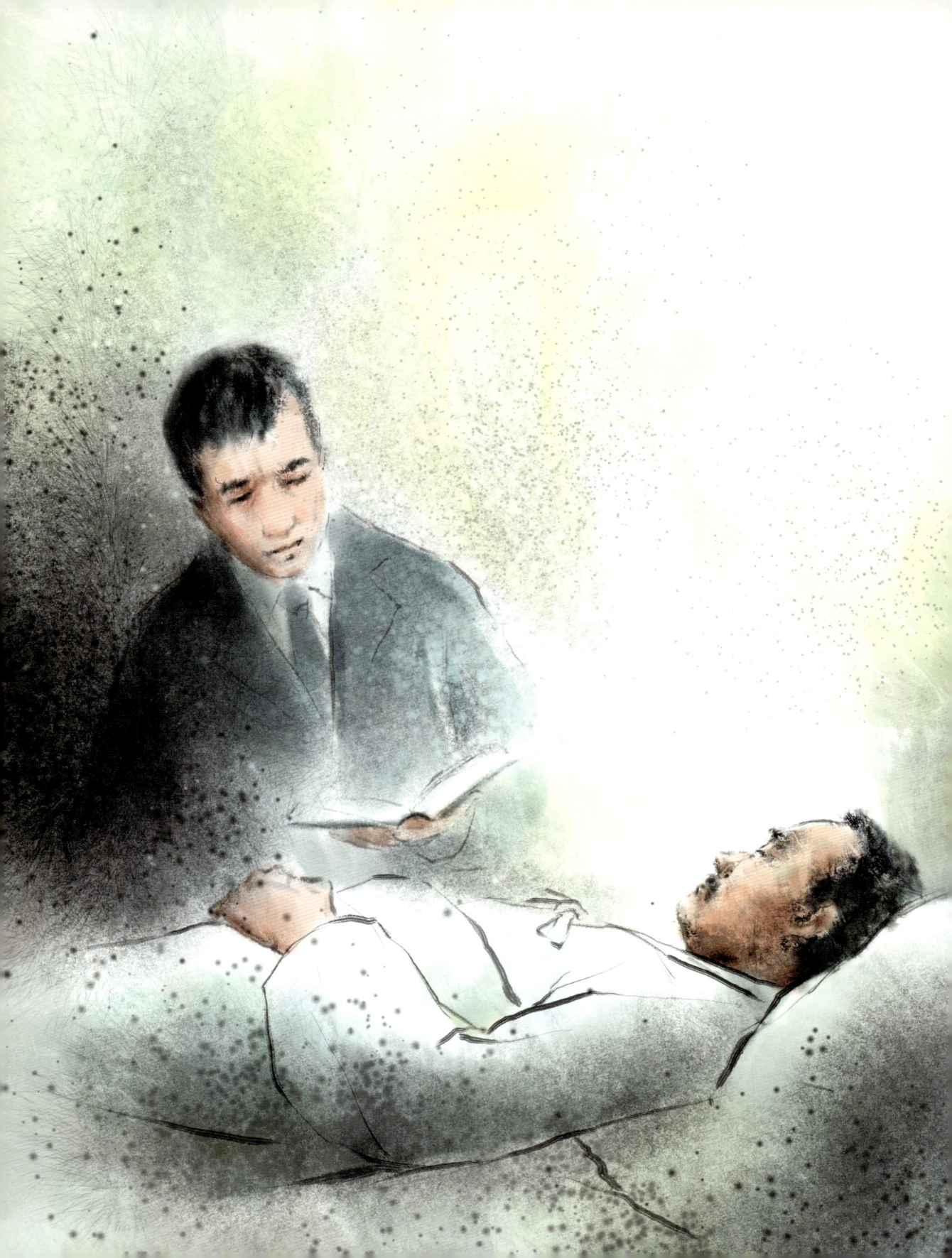

약 성서를 들으며 조용히 덧붙였습니다.

"내가 죽거든 묘비는 절대 세우지 말거라."

아무것도 이룩한 게 없는 저에게 묘비가 다 무엇입니까. 나라의 독립도 보지 못한 채 이렇게 헛되이 죽다니…….

그러나 그 슬픔도 오래가지는 못했습니다. 저는 하늘의 부름을 받고 숨소리를 조금씩 낮추며 눈을 감았습니다. 죽어도, 차마 나라를 잃은 채로 죽을 수 없었던 1914년 저의 나이 쉰아홉, 제 인생의 마지막 가을날이었습니다.

· **파천 播遷** 임금이 도성을 떠나 다른 곳으로 피란하던 일.

유길준이 들려주는

서유견문

\- \-

글 / 정임조   그림 / 박준

펴낸이 / 이재은   **펴낸곳** / 세상모든책

기획·편집 / 홍성민   **디자인** / 김수인

마케팅 / 이주은, 이은경

주소 / 서울시 광진구 자양동 680-77 모던빌딩 2층

전화 / 02-446-0561   **팩스** / 02-446-0569

E-mail / everybk@hanmail.net   **Homepage** / ieverybook.com

초판 1쇄 발행 / 2007년 2월 2일   **초판 3쇄 발행** / 2012년 5월 7일

출판등록 / 1997.11.18. 제10-1151호